The Tower IIII / Ménage à trois

Autor: DonBoth

The Tower - Ménage à trois

Kontakt: https://www.facebook.com/pages/DonBoth/248891035138778

bethy86@hotmail.de

Unter Don Both erschienen:

Immer wieder samstags

Immer wieder samstags - reloaded

Immer wieder Verführung

Immer wieder Special

The Tower - Mad Love

The Tower - Bad Love

Cover: Patricia Zimmermann, Babette H.

Lektorat: Sophie Candice, Emma Maxen

Korrektorat: Carolin Jache

Weitere Mitwirkende: Babette H.

Erschienen beim

A.P.P.-Verlag

Peter Neuhäußer

Gemeindegässle 05

89150 Lachingen

Mobi: 978-3-945164-70-9

Print: 978-3-945164-72-3

epub: 978-3-945164-71-6

Don Both

Ménage á trois

The Tower

Band Vier

Kurzbeschreibung:

Als ob die Verfolgung durch einen unbekannten Stalker nicht reichen würde, hat die siebzehnjährige (Traum)Tänzerin Lillian Price einige schwerwiegende Probleme. Zum Beispiel, dass ihr bester Freund seit Kindheitstagen Levis wieder auftaucht, ihr seine Gefühle gesteht und die beiden endlich als Paar glücklich werden könnten. Was ihre Freude trübt? Dean Monroe. Seines Zeichens Lillys distanzierter, arroganter Bodyguard mit der dunklen Vergangenheit und neuerdings Träger einer enormen Anziehungskraft, derer sich die junge Frau beim besten Willen nicht entziehen kann.

Schon bald muss sie sich zwischen der jahrelangen Liebe zu ihrem Traumprinzen und dem brennenden Verlangen nach dem neuen Helden entscheiden. Denn zwei solch einnehmende und doch unterschiedliche Männer auf einmal zu lieben, geht nicht! Oder etwa doch?

Für die Gebrüder Grimm

Lust, Intrigen, Verwicklungen und Schicksalsschläge, wie sie das Leben schreibt. Unzählige Möglichkeiten, Menschen und Meinungen, Liebe und Hass. Tabulose Erotik.

»The Tower IV«

Nach »Bad Love« der vierte Teil aus der Serie fürs Kopfkino von Don Both. Jeder Teil ist in sich abgeschlossen und mit einem hübschen Happy End versehen!

Soundtrack. Major Lazor - Get Free

Cris Crab - She loves me not

1. Lillian Anthonia Price

»Er ist so ein verfurzter Arsch!«

»Wer?«, fragte meine beste Freundin abgelenkt davon, dass ich rosa Soße über noch mehr gleichfarbiges Eis goss. Währenddessen stand ich hinter dem Tresen, der seit einigen Wochen mein arbeitstechnisches Zuhause geworden war. Aus purer Langeweile und auf Anraten der Person hin, die nun ihr Sitzfleisch auf dem Barhocker mir gegenüber zur Schau stellte, hatte ich den Job als Eisverkäuferin angenommen. Mein Chef liebte mich seit dem ersten Moment. Eine blonde, blauäugige Klischeeschönheit wie ich kurbelte natürlich den Verkauf dieses verführerischen, süßen Produktes perfekt an und es machte auch noch Spaß!

Hier war nicht alles so verklemmt, wie in der High Society, in der ich aufgewachsen war. Im Tower galten sowieso ganz andere Regeln – losgelöst von der oberflächlichen, abgestumpften Gesellschaft, die ich bis jetzt kennengelernt hatte. Ich mochte das.

Normalerweise war ich ein zufriedener Mensch, auch wenn das aktuell keiner merkte, weil mein Spaßlevel so ungefähr bei null lag. Denn seit sechs Monaten hatte ich mein altes Dasein aufgegeben und war zu einer Towerbewohnerin geworden. Seitdem war eine Gewissheit so fest in mir verankert, wie das Amen in der Kirche: Ich war nie allein. Immer verfolgte mich dieser eine so eindringliche und wachsame Blick.

Niemals verlor ich *seine* Aufmerksamkeit.

Bis auf heute.

Denn mein Bodyguard (Ende 20, also URALT!, TÄTOWIERT –also totales No Go –und total überhaupt nicht mein Typ, weil eine Mischung aus dem alten Christian Bale und dem noch älteren David Gandy) hatte frei. Ein Wochenende in 61 Tagen, das am heutigen Tag begann.

Deswegen am Morgen auch gleich der erste Schock. Das Level der allgemeinen Spaßigkeit war da übrigens bei 9 gewesen (1 Punkt Abzug, weil ich überhaupt aufstehen musste) und sank rapide auf eine 5, denn ich wurde nicht mit dem üblichen, gelangweilten, leicht spöttisch klingenden »Guten Morgen, Miss Lilly« begrüßt. Und alles fiel auf eine 2, als ich den Ersatzguard kennenlernte: Choche Hähnchen! Er war Spanier. Riesig mit Glatze und schwarzem Schnauzbart, außerdem hätte er sein Nackenfett als Kissen benutzen können, so massiv war es vorhanden. Ein heftiger Kontrast zu dem großen Mann in dem dunkelroten, maßgeschneiderten (bei den Tower-Securitys üblichen) Anzug, der mich normalerweise als schweigender Schatten begleitete. Man(n) muss bedenken: Ich bin ein wirklich übellauniger Mensch in der Früh (also um 10:00 Uhr), fragt meine Mitbewohnerin. Quasselstrippen gleich nach dem Aufstehen kann ich nicht ertragen – rein aus Prinzip! Und Choche Hähnchen kannte keine Interpunktionen!

Kurz gesagt: Mein ganzer Tag schien gelaufen.

Ich meisterte ihn trotzdem perfekt und kam am Abend um 18:00 Uhr zu meiner Mittelschicht in dem kleinen Original-Eiscafé an, das eines der vielen exotischen, wunderbaren Etablissements im Tower darstellte.

Wie immer besuchte mich eine Stunde nach Schichtbeginn meine Mitbewohnerin/schräges Fickschnitzel meines Bruders Maddox Price. Er war ein Gott in Towerkreisen, aber das ist die ganze Familie Price. Wir sind die Haie unter den Fleischfressern.

Mein Bruder war auf jeden Fall mit der Frau zusammen, die irgendwie seit ein paar Wochen immer den Kreis in meinem neuen Leben schloss: Leona Churchill, die mir nun auch gegenübersaß. Was gab es anderes über sie zu sagen außer: Sie war verrückt, allerdings nannte sie es unangepasst.

Leona Churchill war dabei auch noch cool. Wenn sie zum Beispiel eine Laufmasche im Strumpf hatte, machte sie eben ihre eigenen Muster daraus, oder wenn sie sich selbst den Pony (an ihrer knallpinken Bobfrisur) absolut schief abgeschnitten hatte – dann war das ihr neues Markenzeichen. Kurz: Ich bewunderte sie, weil sie schon lange aufgehört hatte, sich für die Gesellschaft zu verstellen und ihr Leben in meinen Augen dennoch, oder vielleicht auch genau deshalb, perfekt war.

Das wollte ich auch schaffen. Als Mädchen aus furzreichem Hause war es befreiend all die Kniggeregeln, all den Schein und das Sein abzustreifen wie eine zweite Haut. Sie hatte mir dabei geholfen, ohne es zu wissen oder gar zu wollen.

Dann gab es noch meinen ›Mitbewohner/Bodyguard‹.

Wegen *ihm* war ich gerade aus allen Wolken gefallen, denn mein sonstiger Schatten okkupierte nun meinen kleinen Eisladen, und das ohne mich auch nur einmal anzusehen. Erst nach ein paar Sekunden wüster Irritation, fiel mir ein, dass er ja freihatte und in der hintersten Ecke stattdessen *der Nacken* stand und die Jukebox mit Münzen stopfte. Prompt stellte ich klar, dass er ein Arsch war.

Dies war das erste Mal, dass ich Dean Monroe so richtig in Augenschein nehmen konnte, denn man kann eine Person nicht abchecken, wenn sie einen selber unermüdlich anstarrt und das auch noch begründet. Es war schließlich sein Job, ein Auge auf mich zu werfen. Ich befürchtete manchmal, dass er diesen Begriff irgendwann wörtlich nehmen würde, so genau, wie er ihn nahm!

Doch jetzt spazierte er in seiner verdammt lässigen Lederjacke und der tief hängenden Jeans in mein Eiscafé, als wäre ich gar nicht vorhanden und trug nicht NUR schwarz, so wie ich angenommen hatte. Das erste Dunkle waren seine Haare, nach hinten gegelt aber nicht zu lang, um asozial zu wirken. Heftig machte sich hierzu der Kontrast zu seinen hellblauen Augen aus. Ein leichter ungewohnter Bartschatten bedeckte seine Wangen und den kantigen Kiefer, die Augenbrauen waren dunkel und kraftvoll geschwungen, auch seine Lippen verrieten immer etwas von Entschlossenheit. Man konnte am Kragen die Tätowierungen rausblitzen sehen, die ich bis jetzt noch NIE ganz zu Gesicht bekommen hatte. Der Mann lief NIE oben ohne rum. Auch seine Shirts waren sonst nicht allzu eng.

»Lilly ...« Tja. Aber *heute* an dem 2er Spaß-Leveltag trug er natürlich ein Muskelshirt, welches bestens beim Ausziehen der Lederjacke zur Geltung kam ... zusammen mit dem Muskelspiel dieser sehnigen Arme und dem ganzen Fitnessstudio-Mist darunter. Die Kugel, die ich Leo zum Abschluss auf ihren Becher pflanzen wollte, landete mit einem satten *SMACK* auf dem blank polierten himbeerfarbenem Tresen.

»Lilly!« Er war an beiden Armen komplett tätowiert! Woher kam eigentlich diese gleichmäßige Bräune?

»Guck mal, Channing Tatum steht hinter dir und strippt!« Aber nicht nur das, das Shirt war eisblau, was seine komischen babyblauen Augen irgendwie glühen ließ, oder war das weil ... da hing doch tatsächlich eine Frau an seinem ausgeprägten Bizeps und damit meinte ich nicht so eine billige Möchtegern-Porno-Darstellerin, sondern eine rassige Latina a´la Salma Hayek.

Spaßlevel: Am Gefrierpunkt.

»LILLIAN!«

»WAS DENN!«, fuhr ich Leo an, deren Augen sich sofort verengten, dann folgte ihr Blick meinem ... Das Beobachtungsziel schob seiner Begleiterin den Stuhl zurück, aber nicht nur das ... Er platzierte eine riesige Hand auf ihrer Schulter und massierte mit dem Daumen leicht ihren zarten Nacken. Blöderweise kribbelte die gleiche Stelle sofort bei mir.

Und gerade als ich darüber streichen wollte, hob sich sein einnehmender Blick und er sah mich an.

Er grinste träge, mir blieb die Luft weg ...

Das tat er sonst nie, ich schwöre, ich hatte meinen Bodyguard noch *nie* grinsen sehen, so richtig mit Mundwinkel hochziehen und funkelnden Augen und einer Botschaft darin, die ich nicht verstehen konnte oder nicht wollte ...

Ich erschauerte – heftig.

Für einige Sekunden rutschte alles andere in den Hintergrund ... dann war der Moment vorbei. Als hätte er mich soeben nicht auf übelste Art geblickfickt und damit meine Seele nach außen gekehrt, drehte er mir den breiten Rücken zu und setzte sich zu seiner Begleiterin ... aber nicht nur das. Er hob sie auf seinen Schoß, die blöden Oberarmmuskeln spannten sich dabei an, während ihr glockenklares Lachen durch das winzige Café hallte.

In dem Moment fing ich an zu putzen. Wild und frenetisch und Leo lachte sich den Arsch ab.

***

Die nächste Stunde hatte ich mit akuter Übelkeit zu kämpfen ... denn er verwöhnte ihren Nacken, und auch ihren Hals, mit diesen blöden Lippen, flüsterte ihr ins Ohr mit dieser noch blöderen tiefen Stimme. Bis sie sogar unter ihrer karamellfarbenen Haut rot erstrahlte, während sie überglücklich ihr Eis löffelte, das sie leider superfreundlich bei mir bestellt hatte.

Wieso hier?

Wieso konnte er nicht woanders hingehen, wenn er schon mal freihatte und mir kleinem dämlichen Mädchen nicht am Luxus-Arsch kleben musste?

Auf jeden Fall konnte ich erst wieder richtig atmen, als er, den Arm um ihre zierliche Schulter geschlungen, mein Revier verlassen hatte.

Der Putzlappen landete Schaum verspritzend genau in dem Moment in Kopfhöhe an der Glastür, indem sie sich hinter dem elendigen Spaßverderber schloss.

2. Lilly

»Wieso sieht er mich eigentlich nicht an?«

»Weil gerade mal sechs Stunden seit dem letzten Aufeinandertreffen vergangen sind und er somit immer noch frei hat! Und nur mal nebenbei bemerkt: Du bist wirklich total verrückt! Du hast keine Ahnung, was mich erwartet, wenn ich Mad das nächste Mal sehe! Er hat mir ausdrücklich verboten, dich hier runter zu bringen! Das wird soooooo der absolute Wahnsiiiiiiiiiiiiinn!«, schwärmte Leo und stieß mit ihrer pinken, fruchtverzierten Pampe und meiner quietschgelben an.

Ich kicherte kurz. »Du bist ein Biest! Ihn immer so zu manipulieren!« Doch ich wusste genau, dass mein großer Bruder das brauchte. Jemanden, der auch ihn lenkte. Das hatte er noch nie gehabt, sonst war er immer der Verantwortliche.

Sie blinzelte unschuldig mit riesigen, dunkelbraunen perfekt geschminkten Augen – in zwei verschiedenen Farben natürlich. Grün und blau – Leo fand das witzig. »Was denn? Ich informiere ihn doch immer freundlich darüber, was ich zu tun gedenke und er macht trotzdem mit! Letztens habe ich auch gesagt: ›Mad, wenn du dieses blöde kleine Vibro-Ei noch ein verdammtes Mal anmachst, wenn ich vor versammeltem Konferenztisch einen Vortrag halte, dann ... ‹«

»Ich will das nicht wissen!«

»Und trotzdem redest du mit mir darüber!«

»*Du* hast mit dem Thema angefangen! Ich habe über *mich* geredet! Ich mag den heutigen Tag nicht! Kann man den irgendwie zurückspulen?«

Muss ich erwähnen, dass die gesamte Unterhaltung laut kreischend geführt wurde? Ja, wäre wohl von Vorteil.

Wir befanden uns nämlich tatsächlich in den berühmt, berüchtigten unterirdischen Etagen des berühmt, berüchtigten Towers. Im *Prudes*. Einem Club, zu dem man nur Zugang erhielt, wenn man über 25 Jahre alt war (Erst ab dem Alter galt man im dunklen Turm als volljährig). Ich war es nicht. Genau genommen war ich acht Jährchen jünger, aber meine beste Freundin und die coolste Person, die ich je kennengelernt hatte, brauchte ja schon bald einen Rollator, und so hatte sie mich hier runter geschmuggelt. Das hatte natürlich gar nichts damit zu tun, dass mein persönlicher Bodyguard sich auch hier befand und dass ich aus verlässlichen Quellen (Marcel am Empfang, der irgendwie IMMER wusste, wer wo war, mit wem er es trieb, ob er gerade Kopfschmerzen hatte oder in der Nase bohrte ...) darüber informiert worden war.

OH NEIN!

Ich hatte anderes zu tun, als ihm hinterher zu stalken! Meine Freiheit genießen!

Mir klebte zwar Choche Hähnchen an der mit einem schwarzen Rock bedeckten Backe, aber der ließ mich wenigstens TANZEN gehen und saß jetzt mit etwas Abstand an der Bar! Bei *Mr. Wir gehen keine Risiken ein* war ein Clubbesuch unmöglich. Wie hatte ich es vermisst!

Die satten Bässe, die mitreißenden Klänge, einfach nur mit der Musik verschmelzen, eins mit Körper und Seele werden.

Ja. Tanzen war meine große Liebe und die hatte ich in den letzten Monaten, seitdem ich hier eingezogen war, sträflich vernachlässigt. Jetzt entschuldigte ich mich bei ihr und hatte den wildesten, klischeemäßigsten Versöhnungssex mit meinem Lieblingshobby.

Ja. Also normalerweise hatte ich vorgehabt, einfach nur ein bisschen den Stress von mir zu schütteln und mich zu entspannen. Aber nichts da!

»Wer ist überhaupt die blöde Triene, die ihm mit ihrem Arsch die Haut von den Knochen schubbert?«

Leona Churchill lachte, was sich bei mir anfühlte, als würde die Fröhlichkeit auf mich überfließen – immer. Ich konnte nicht anders. Wenn sie wieherte (und oh, das tat sie oft!), musste ich es auch tun.

»Das ist seine Freundin ... Sie heißt Letitia und sie hat Klasse!« Meine Arme fielen herab, die Augen wurden groß.

»*Mein* Bodyguard hat ′ne *Freundin*?«

Leo grinste und nippte erneut an ihrem Cocktail, der übrigens genau dieselbe Farbe besaß wie der Bob auf ihrem verdammt klugen und gleichermaßen irren Köpfchen.

»*Wann*?« Er war doch scheinbar IMMER und ÜBERALL bei mir!

»Wenn du schläfst«, verkündete sie schelmisch grinsend. Sie provozierte mich, ich kannte diesen Ausdruck zu gut. Besonders von meinem Bruder, denn der sah sie auch immer so an ... Aber bei Maddy (so nannte ich ihn seit dem Hosenscheißerstadium) waren wir doch eigentlich gar nicht. Wir befanden uns rein thematisch, versteht sich, bei der empörenden Tatsache, dass mein Bodyguard ein reges sexuelles Dasein im Verborgenen führte. Und bei den daraus resultierenden bauchgrummligen Gefühlen, die ich niemals in meinem Leben als Reaktion auf diese Information erwartet hätte.

»Geht er weg oder kommt sie zu uns?«, knurrte ich, etwas lauter als das Bauchgewusel. Denn wir drei wohnten auf Etage 123 zusammen. Trieben sie es etwa auf der Couch, auf der ich mich an verregneten Tagen einkuschelte?

»Sie kommt natürlich zu uns! Glaubst du etwa, er würde dich wegen eines Ficks unbewacht lassen?« OH FURZ!

Intensiver visierte ich das schreckliche Schauspiel vor mir an. Wie er gleich einem Felsen hinter ihr aufragte, gut zwei Köpfe größer als die Schönheit, die muskulösen, immer noch tätowierten Arme um ihre zierliche Taille geschlungen. Die Lippen an ihrer Schläfe, die Augen selbstvergessen geschlossen und vor allem die Hüften, welche er wirklich geschmeidig und für meinen Geschmack viel zu professionell an ihrem kleinen Hintern rieb. Das alles checkte ich ganz unverhohlen ab. Ihr blöder Hintern war genauso heiß wie die ganze Frau. Salma Hayek gemischt mit irgendeiner Schauspielerin von der mir der Name einfach nicht einfiel. Sie lächelte verträumt, die Hände auf seine großen gelegt, den Kopf an seine wahrhaftig breite Schulter gelehnt. Und sie beide konnten tatsächlich tanzen – das erkannte ich sofort und es stach noch ein bisschen mehr in meiner Bauchgegend.

»Im Moment ist alles was der bewacht Miss Lopez'!« Es irritierte mich. *Zutiefst.*

»Er hatte zwei Monate lang keinen einzigen freien Tag ... Lass ihm doch seinen Spaß ... Morgen wird er wieder ganz der Alte sein, verlass dich drauf ... Männer müssen sich manchmal eben so richtig ausficken! Und hör auf, hier einen auf beleidigtes Prinzesschen zu machen! Man könnte fast meinen du bist eifersüchtig und damit meine ich – lass dir den Namen auf der Zunge zergehen – eifersüchtig wegen *Dean Monroe* ...«, neckte mich Leo hauchend und bekam dafür einen äußerst tödlichen Todesblick ab.

»Ich will nur ihre verfurzten Schuhe, den Rest kann sie behalten.« Mürrisch nippte auch ich an meinem *Sex in the Elevator*, glupschte aber im Augenwinkel zu dem Hollywoodpärchen. Seine Hände befanden sich nun genau *unter* ihren Brüsten, die Daumen streichelten die empfindliche Haut – die Berührung war fast schon zu intim für diesen öffentlichen Ort und auch wieder nicht.

Sein Grinsen fiel äußerst dreckig und selbstzufrieden aus, als sie sich auf die Unterlippe biss. So hatte ich ihn noch nie erlebt. Dean Monroe war üblicherweise die Distanziertheit in Person. Er ließ nichts und niemanden an sich ran – außer sie.

Ich konnte mir das nicht mehr länger mit ansehen, aus welchen verrückten Gründen auch immer. Das Bauchbrodeln wurde zu einem Vulkan kurz vor dem Ausbruch. Gut, könnte natürlich auch an den drei genialen Cocktails liegen, die es so nur HIER gab, sonst nirgendwo in der

Stadt oder gar der ganzen Welt. Der Tower ist in vielen Dingen ein einmaliger Ort. Hier kann so gut wie alles passieren. Besonders dann, wenn man es am wenigsten erwartet.

»Ich geh pinkeln«, verkündete ich Leo, die nur gelangweilt abwinkte, schließlich kannte sie mich, und sich dann erneut zur Bar durchkämpfte. Fast wollte ich ihr folgen denn sie war so klein und elfenhaft, dass sie sicher erdrückt oder oder versehentlich zertreten werden würde. Aber dann dachte ich daran, dass es diese Frau tagtäglich mit meinem kontrollsüchtigen, herrischen, sexsüchtigen Bruder aufnahm und wusste, sie würde mit allem auf der Welt fertig werden. Ob einem angreifenden Löwenrudel oder stinkbesoffenen Homo sapiens, die noch mehr Alkohol wollten. Im Prinzip dasselbe. Nur, dass die Menschen dabei nicht so eine Anmut versprühen, wie eine Raubkatze bei der Jagd. Sie besitzen auch nicht so ein weiches Fell ... und Krallen ... und Reißzähne ...

Als ich mich in die schwarz-weiß gekachelten Toiletten durchgekämpft hatte, wollte ich meine Schönheit eigentlich im Spiegel betrachten, um mein Ego wieder aufzubauen, Lippenstift nachziehen, verschmierte Wimperntusche wegwischen und die feuchten, blonden Strähnen hinrichten. Doch sobald ich den ersten Schritt in den Raum machte, änderte sich mein Leben und ich erstarrte auf der Stelle ... denn jemand stöhnte.

Eindeutig eine Frau oder ein Mann, dem man auf dem Hoden stand.

»Du. Bist. Ein. Tier. Oh. Ja. Oh. Ja! Beiß mich! OH GOOOOOOOOOOOOTT!«

Wo wir wieder bei Löwen wären ...

Ich hätte umdrehen und gehen sollen – tat es aber nicht. In der menschlichen Natur liegt eine Unmenge an Neugier und die wird uns ständig zum Verhängnis. Meinen Instinkten folgend machte ich den Schritt nach vorne anstatt zurück und ließ die Tür lautlos zugleiten.

»So. Hat. Mich. Noch. Nie. Ein. Mann ... AHH! OHHHH! UUUUUUHH« *Du hast das E und I vergessen*, dachte ich.

Ich bog um die Ecke und linste durch den offenen Spalt (da drin waren eindeutig Exhibitionisten in den engen Raum der ersten Kabine. Nur um mich in das allgemeine Gekeuche mit einzureihen, denn das, was ich erblickte, konnte nicht wahr sein.

Das war eine Halluzination! Ich drehte durch, aber anderseits wusste ich aus jahrelanger Erfahrung, dass nur einer so seine Hüften bewegen konnte.

Levis Cold, mein Ex-Tanzpartner und mein bester Freund seit Kindheitstagen. Mein persönlicher Channing Tatum! Der Grund, weswegen ich vor sieben Monaten von daheim und von Mama weg in den Tower und zu meinem Bruder geflohen war. Ich hatte ihn und alle, die ich liebte, vor einem verrückten Stalker beschützen wollen und sie deswegen in einer Nacht und Nebel Aktion verlassen. Mittlerweile hatte ich mich damit abgefunden, sie nie wieder zu sehen, auch wenn mein Herz dabei zerbrochen war ...

Und jetzt ...

... reagierte er auf mein Keuchen und warf einen genervten Blick über seine Schulter.

FURZHAUFEN!

Er riss die Augen auf, seine Bewegungen, mit denen er die Frau immer wieder gegen die Kabinenwand geknallt hatte, stoppten komplett.

Dann verengte er die Lider und knurrte ein einziges Wort.

»LIL!«

3. Lilly

»Was tust du hier?«, spien wir im gleichen Moment aus. Ich konnte nicht glauben, dass es ihn zwischen all den Orten, die er zum Geschlechtsverkehr aufsuchen konnte, gerade hier her verschlagen haben sollte! Leute, die nicht im Tower lebten oder arbeiteten, bekamen keinen Zutritt zu den unterirdischen Etagen, außer sie verfügten über einflussreiche Kontakte zu den ganz bösen Jungs. Außerdem war er minderjährig mit seinen einundzwanzig Jahren!

»Hallo?«, fragte die ältere Blondine, deren endlose Beine immer noch um seine Hüften geschlungen waren. Er setzte sie ab, ohne mich aus den Augen zu lassen, als würde ich mich in Luft auflösen, sobald er wegblickte, und ich erkannte, dass er... anders aussah, als ich ihn in Erinnerung hatte.

Die hellbraunen Haare waren länger, nicht mehr raspelkurz, an den Seiten geschoren und im Großen und Ganzen total zerzaust. Ich fragte mich, ob man ihm das Gehirn rausgenommen hatte, bevor man ihm diese Frisur verpasst hatte ... Seine sonst immer etwas weichen Züge schienen verhärtet, das eigentlich so jugendliche Gesicht um scheinbare fünf Jahre gealtert, der Ausdruck in seinen blauen, blauen Augen um zwanzig. Was hatte er in den letzten Monaten gesehen? Was durchgemacht? Woher stammten die dunklen Ringe unter den langen Wimpern? Und war das etwa ein Tattoo auf seiner einst so makellosen

Haut? Levis war stets der Vernünftige von uns gewesen, derjenige, der brav studieren wollte und nie Ärger machte. Der sein Leben vollkommen im Griff hatte und mir half, mit meinem klarzukommen ...

Er trug helle Jeans ... und *nur* eine weiße Weste ... doch ich wusste, die war bloß Tarnung. Er wirkte wie ein sexy Stripper-Bad-Boy. Dieser ganze Auftritt – war nicht der Levis Cold, den ich kannte.

»Ist das ein Tattoo?«, war prompt das Zweite, was ich meinen ehemals besten Freund fragte, bevor er von der Tussi wegtrat, die Hose schloss und auf mich zukam. Ich wich zurück, denn sein Gesichtsausdruck war mir nicht ganz geheuer.

»Hallo? Was soll das? Dafür habe ich nicht bezahlt! Eric!«, keifte die Frau nach paarmaligem Blinzeln (bei dem ich mich wunderte, dass die Wimpern nicht aneinander kleben blieben, so heftig getuscht wie sie waren), da wurde ich auch schon am Oberarm gepackt und aus der Toilette manövriert.

Direkt hinein in die Menschenmasse und durch sie hindurch. So wie früher, wenn er mich zur Tanzfläche gezogen hatte ... Aber heute schmerzte sein Griff.

»Lass mich los, Lev!«

»Kannst du vergessen!« *Oh man*!

»Du tust mir weh!«, japste ich. So sauer hatte ich ihn noch nie erlebt, er hatte ja auch guten Grund dazu, aber er musste mich verstehen! Ich war nicht aus Feigheit weggelaufen, sondern weil ich ihn nicht in Gefahr bringen wollte!

Nie wieder wollte ich an seinem Krankenbett sitzen und um sein Leben bangen, wie vor ein paar Monaten, als der Stalker ihm die Bremsleitungen an seinem Mustang durchtrennt und Lev einen Unfall gehabt hatte. Gerade noch hatte ich seine verschwitzte Stirn geküsst, seinen Duft noch einmal in mich eingesogen, mich an die endlosen Stunden erinnert, in denen sich unsere Körper beim Tanzen vereint hatten, sein Lachen vor meinem geistigen Auge gesehen ... die Art, wie er mich »Lil« nannte und es wie Little klingen ließ, gehört ... Dann hatte ich mich umgedreht und war gegangen – mit dem festen Vorsatz mein altes Leben und somit Levis Cold hinter mir zu lassen!

Tja!

Plan schiefgelaufen, würde ich mal sagen!

Hüpfend sah ich mich nach Leo um, doch kein rettender Strahlekopf war in Sicht ...

Ein Luftzug war das Einzige, was ich wahrnahm, schon klebte Levis neben mir an der Wand. Zwischen uns beiden stand Dean Monroe, verdrehte dem armen Lev den frisch tätowierten Arm auf den Rücken und seine Augen funkelten so drohend wie noch niemals zuvor.

WO KAM ER HER? Gut, das fragte ich mich immer, wenn er plötzlich irgendwo auftauchte, aber war er eigentlich nicht mit seiner Triene beschäftigt gewesen? Und hatte er mich nicht die ganze Zeit ignoriert? Wie hatte er überhaupt bemerkt, dass ich in Schwierigkeiten steckte? War bei ihm ein verdammtes Radar eingebaut?

»Schon gut! Er hat mir nichts getan! Er ist mein Freund! Kein

Verrückter! Also nicht sehr! Lass ihn los! Das geht wirklich klar! Bitte Dean! Tu ihm nicht weh!«

Ich zog an Mr. Muskelprotz` Arm und tatsächlich ließ er von Levis ab. Der Bodyguard atmete heftig, seine Frisur war ungewohnt zerzaust ... HMMMMMMMMM anscheinend hatte ihm der Tanz *enorm* viel Spaß gemacht! Prompt wurde ich erneut am Oberarm gewürgt, diesmal von Dean.

»Wir gehen!«, befahl er knapp.

»NEIN!«, Levis wirbelte herum und wollte mich wegziehen.

»Lev hör au...«

Meine Hüfte wurde gepackt, mein Magen umgedreht, urplötzlich stand ich an der Wand zwischen dem Bodyguard und Levis und wurde aus blitzenden Augen angefunkelt.

»WIR. GEHEN!«, presste er zwischen zusammengebissenen Zähnen hervor.

»DU kannst mir gar nichts befehlen! Du bist heute nicht im Dienst! *Der Nacken* ist für mich zuständig!« Wir beide sahen zur Bar, der Kerl war vom Erdboden verschluckt. Dean hob die Augenbraue. Ich schluckte und murmelte leiser ... »Außerdem warst du beschäftigt!« Somit versuchte ich ihn von mir zu schieben. Er stänkerte mich mit seinem billigen, blöden Parfum ein. Das war gesundheitsschädlich und tötete meine Gehirnzellen ab! Alles verschwamm nämlich immer, sobald er mir zu nahe kam und ich es einatmete. Aber genauso gut hätte ich probieren können eine Hauswand wegzubekommen.

Frustrierst schnaubte ich, schob schließlich die Unterlippe vor und sah ihn von unten herab mit meinem tödlichsten Todesblick an. In seinen Iriden blitzte etwas auf, dann grinste er – schief und wissend.

BOAH! Was fiel ihm eigentlich ein, mich schon wieder *so* anzusehen?! Hatte sich mit dem freien Tag der ganze Mann geändert? Er warf Levis, der mit geballten Fäusten wütend hinter uns stand – jeden Moment bereit auf meinen Bodyguard loszugehen und mich damit richtig anzupissen ... einen abschätzenden Blick zu.

»Wer ist das?«

»Das ist Levis. Mein bester Freund und absolut keine Gefahr für mich!«, erklärte ich Augen verdrehend und verschränkte wenigstens die Arme vor der Brust, wenn er mich schon nicht aus seinem Dunstkreis entließ.

»Beweise?«

»WAS?«

»Hast du eindeutige Beweise dafür, dass er nicht der Stalker ist?« Dean Monroe sprach wieder äußerst langsam mit mir, als würde er annehmen, ich könnte sonst nicht dem Gesagten folgen, weil ich blond, jung und vom Leben mit genug Geld gesegnet war.

Levis gluckste. »Ich bin sicher nicht der *Stalker*!« Er betonte das Wort, als wäre es das Lächerlichste, was er jemals gehört hatte. »Und jetzt lass sie los!«

Er wurde ignoriert.

»Geh auf deine Seite des Clubs! Ich muss allein mit ihm reden!«

Dean bewegte sich keinen Millimeter.

»Du bist nicht im Dienst! Da irgendwo wartet deine Freundin auf dich, GEH!«

Jetzt grinste der Penner mich schon wieder an! Und das war nicht gut! OH nein! Gar nicht, ich war froh für die Wand in meinem Rücken, die meine plötzlich zu weichen Beine davon abhielt, spontan nachzugeben. Dean war wirklich schädlich für meine Gesundheit, denn er machte mich immer so wütend, dass mein armer junger Körper verrückt spielte!

»Du hast eine halbe Stunde. Da, in der Ecke! Dann gehen wir nach Hause!« Er trat zur Seite.

»Ich geh doch nicht in die Ecke! Komm Lev! Holen wir uns noch nen Drink!«

Levis lachte und seine Augen funkelten triumphierend.

»Gott! Hab ich meine kleine Schildkröte vermisst!« Und somit zog er mich mit einem Ruck in seine mir so vertrauten Arme. Seufzend drängte ich mich eng an ihn, fühlte seinen harten Körper und sog seinen beruhigenden Geruch ein. Ich war an dem Ort, wo ich mich schon immer am wohlsten gefühlt hatte und entspannte mich automatisch. Levis frischer Duft war einfach nur besänftigend und machte mich wenigstens nicht so schummrig im Kopf.

»Ich hab dich auch vermisst ... Du hast keine Ahnung wie sehr ...«, flüsterte ich und fühlte, wie er mit der Nase durch mein Haar strich, während er leise »Meine Lil ...« in mein Ohr flüsterte.

Meine Fingernägel krallten sich in seine vom Tanzen trainierten Schultern. Über diese hinweg sah ich noch einmal zu meinem Bodyguard und erwischte ihn dabei, wie er düster die Hände von meinem besten Freund anvisierte, die sich auf mein Steißbein gelegt hatten. Er drückte mich fest an sich, bis ich vom Boden abhob und vergrub sein Gesicht ganz an meinem Nacken ... Erleichtert seufzte ich auf. Dean Monroe drehte sich mit einem Ruck um und stapfte davon.

4. Dean Monroe

Letitas Lippen glitten unentwegt über meinen Hals, während ich mit verschränkten Armen und dem Arsch an dem Hocker lehnte und die Bar gegenüber genauestens in Augenschein nahm.

Den Ort, an dem sich die kleine Möchtegern-Paris befand und mit ihrem »alten guten Freund« quatschte. Ich sah nur ihre Rücken, konnte aber dennoch ganz genau die Anspannung an seinem ablesen. Er war viel zu steif, und zu fahrig. Der Kerl versteckte etwas und versuchte gerade mit allen Mitteln, es sie nicht merken zu lassen.

Sie legte ihm den Arm um die Seite und ihren Kopf vertrauensvoll an seine Schulter. Das lange blonde Haar fiel in schwungvollen Locken bis zu ihren Hüften, die er mit seiner Pranke umfing.

Meine Lider verengten sich.

»Gehen wir ...«, hauchte Letitia. Sie war so was wie meine Freundin, wenn man eine Beziehung so nennen kann, in der der eine niemals Zeit für den anderen hat. Ihre Hand glitt an meinem Bauch herab bis zu meinem Schritt. Mein Blick flog für keine einzige Sekunde zu ihr, als ich ihr Gelenk umfing und sie von mir löste.

»Noch nicht.«

Der Kerl spielte mit ihren Strähnen, strich sanft darüber, während sie immer noch an ihm lehnte – so ahnungslos und naiv …

Kopfschüttelnd biss ich die Zähne zusammen, da erregte etwas Pinkes im Augenwinkel meine Aufmerksamkeit.

»LEO!«, rief ich ihr zu, als sie sich drei Menschen weiter an die Bar quetschte und dem Barkeeper etwas zubrüllte. Sie drehte mir ihr verschwitztes Gesicht zu und strahlte dann los. Im nächsten Moment stand sie neben uns. Ich zog Letitia etwas zur Seite, damit sie aufhörte, mich abzulenken.

»Kennst du ihn?«, fragte ich die kleine Frau, die mir, seitdem wir zusammenwohnten, ziemlich ans Herz gewachsen war. Sie ließ einem keine andere Wahl. Obwohl sie verrückt war und sich genauso kleidete – im Moment ein Bunnykostüm mit superknappem Rock und schwarzen Endlosstiefeln – verstanden wir uns blendend.

Sie verschränkte die Arme, womit sie meine Pose imitierte, und legte den Kopf schief, als sie ihre Freundin und den Fremden Kaugummi kauend musterte. »Keine verdammte Ahnung wer das ist, aber er ist heiß und jung ... und *heiß*!«

»Danke für die Info«, knurrte ich ungehalten und Letitia lachte.

»Willst du dich nicht wenigstens an deinem freien Tag etwas anderem widmen als der Arbeit? Die Kleine kann schon auf sich aufpassen«, raunte meine Bettgenossin.

Ein einziger Blick auf die schwarzhaarige Schönheit reichte und sie ruderte zurück, während Leo die Lippen spitzte, auf den Hacken schaukelte und blasenschmeißend so tat, als wäre sie gar nicht anwesend.

Währenddessen ging die kleine Wiedervereinigung ins fröhliche

Betatschen über. Kichernd inspizierte sie den ekelhaften Tunnel, den er im Ohr hatte. Jetzt ehrlich, wozu? Wir waren hier nicht in Afrika. Kurz darauf hob er seine Weste, um ihr das Nippelpiercing zu zeigen. Mit großen Augen hielt sie sich gerade so davon ab, auch das zu berühren – ihre Wangen waren ungewohnt rot. Als Nächstes auf dem Programmpunkt stand das Begutachten der Tätowierung am Bauch ... DIE fuhr sie mit der Fingerspitze nach, woraufhin er die Hand, die auf dem Tresen lag, unauffällig zur Faust ballte und sie gezwungen anlächelte. Wahrscheinlich versuchte er momentan krampfhaft, den Ständer in seiner Hose zu bekämpfen! VON WEGEN GUTER ALTER FREUND!

Gerade wollte ich mich brüllend auf ihn stürzen, weil er den Gürtel öffnete und den Bund an der auch tätowierten Leiste herabzog, als eine blonde ungefähr 35 jährige, schönheitsoperationsgeschädigte Frau auf die beiden zustürmte und ihn vom Hocker zerrte.

Innerhalb der nächsten drei Sekunden stand ich neben meiner Schutzbefohlenen und bekam aus nächster Nähe mit, wie das Silikondepot auf ihn losging.

»DAFÜR habe ich nicht bezahlt! Ich wollte einen richtigen Fick und nicht so was Halbes! Ich werde mich bei Vlad persönlich beschweren!«

Sein Blick huschte ertappt zu Lilly, die misstrauisch die Lider verengte. »Welchen Vlad meinen Sie?«, schaltete sie sich ein, ohne sich von dem hysterischen Gekeife einschüchtern zu lassen.

Prompt war sie der Furienmittelpunkt »Hör mir mal zu, Kleine! Ich weiß ja, du willst ihn einfach nur kurz drüberrutschen lassen, weil er aussieht wie ein junger Gott, aber dieser Kerl ist nichts weiter als eine armselige Hure. Du bist jung und kannst dir noch deine Typen aussuchen, also würde ich dir raten, mach dich vom Acker und tu genau das!«

Wow! Nun klappten alle Münder auf, die sich in der kleinen Gesprächsrunde befanden.

In die Augen der jüngeren Blondine trat ein wildes Funkeln. Ihr guter alter Freund, der sich gerade einmischen wollte, wurde von ihr an der Brust zurückgehalten. Sie presste die Lippen zusammen, lehnte sich zurück, griff in ihre Tasche und warf der Älteren ein paar Scheine vor die Füße. »*Du* bist armselig!«

Dann wandte sie sich an ihren »alten guten Freund«, der danebensaß, den Kopf gebeugt, die Augen geschlossen und bohrte ihm ihren Finger in die Brust. Er sah sie mit dem verzweifeltsten Blick an, den ein Mann nur spielen kann, als sie knurrte:

»Und du erzählst mir jetzt, in was für einer Scheiße du steckst!«

5. Leona Churchill

»Wo bist du?« Die Nachricht bekam ich um zwei Uhr mitten in der Nacht, während ich mit Lilly, Levis, Dean und Letitia in einer abgelegenen, schummrigen Lounge des *Prudes* Krisenbesprechung hielt. Levis war einer der Callboys von keinem geringeren als Vlad - Mads bestem Freund, mit dem ich auch schon das kurze aber heftige Vergnügen gehabt hatte ... Lilly, die den attraktiven Russen anscheinend schon seit dem Kindesalter kannte, war völlig außer sich. Fragen über Fragen: »*Seit wann hat er eine Escort-Agentur*? *Wie sich dieser Bastard nur so etwas erlauben konnte*? *Er wusste doch ganz genau, wer Levis ist*!? *Er hat tausendmal bei uns daheim mit ihm gegessen*! *Er hat mit ihm an einem Familientisch gesessen*! *Bla, bla, bla* ...« Levis hingegen blieb absolut entspannt, während Dean hinter Lilly stand und das Geschehen mit unlesbarer Miene verfolgte. Letitia lag mittlerweile quer auf der Couch und kippte total angepisst einen Drink nach dem anderen. Ich thronte auf dem Ledersofa, allen gegenüber.

Während Lilly weiter ihren besten Freund zur Sau machte, wie das nur eine Price kann, antwortete ich meinem angepissten ... *Freund* (Ich kringelte mich immer noch bei der Benutzung dieses Wortes, weil es auf die Beziehung zwischen Maddox Price und mir einfach nicht zutraf): »Nicht bei dir. Wieso fragst du erst so spät?« Eigentlich hatte ich am Wochenende immer um spätestens neun bei ihm zu sein.

»Ich bin eingeschlafen. Wo bist du?«

»Oh eingeschlafen? Am Tag? Mister Price ... sind das erste durch mich verursachte Ermüdungserscheinungen?«

»Wo bist du?«

Ich verdrehte die Augen, gleichzeitig machte sich leichtes Insektengeflatter bemerkbar, das nach Monaten Beziehung zu Maddox Price immer noch so stark vorhanden war, wie am ersten Tag, als ich jointrauchend auf der Couch in seinem Büro gelegen und ihn kennengelernt hatte.

»Das sag ich dir nicht«, lautete meine nächste Antwort. Ich musste kichern, als ich sie abschickte. Mein kindisches Verhalten war nicht auf die Unmengen an Alkohol zurückzuführen, die ich konsumiert hatte – oh nein. Ich liebte es lediglich, diesen kontrollierten Mann mit allen mir zur Verfügung stehenden Mitteln zu reizen.

Gespannt wartete ich auf die Erwiderung, das Handy in beiden Händen, aufrecht sitzend, das Display anstarrend – alles andere ausblendend, so wie immer, wenn ich mit ihm zu tun hatte. Das geschah automatisch.

Stunden gingen ins Land. Es kam NICHTS.

Und mit jeder Weiteren zog sich mein Magen ein bisschen enger zusammen, bis er nur noch einer runzligen Rosine glich. Hatte ich es zu weit getrieben?

Wir hatten deswegen bereits den gesamten Nachmittag im Büro Krieg geführt. Er wollte nicht, dass ich mit Lilly die unteren Etagen des

Towers betrat. »*Nein, Korrektur, Miss Churchill. Es ist mir egal, was sie macht, mir geht es nur um dich*!« Seine kleine Schwester interessierte ihn ja nicht mehr – lange, alte Geschichte. »*Und ich will nicht mal einen kleinen Zeh von dir da unten sehen, Leona. Hast du mich verstanden*?« Hatte ich – war ja nicht taub und beherrschte dieselbe Sprache wie er. Aber auf ihn hören? Nein! Wieso auch! Ich war keine Fünf und er nicht mein Vater. DAS wäre wirklich widerlich gewesen, bei all den wunderbaren wie auch schlichtweg perversen Dingen, die er mit mir schon gemacht hatte! Dennoch, oder gerade deswegen, liebte ich ihn – und wie. Ich liebte Maddox Price mit jeder nach ihm süchtigen Faser. Es war eine ungesunde Liebe, das wollte ich nicht abstreiten – aber wenn das Herz spricht, hat der Verstand Sendepause. Das hatten wir uns gegenseitig gelehrt und lebten zufrieden damit.

Hier unten war es außerdem gar nicht so schlimm wie immer erzählt wurde. Zumindest nicht im *Prudes*.

Lilly war siebzehn, natürlich wollte sie ausgehen und Leute treffen! Sie war in den letzten Wochen total isoliert und wie ein gut behüteter Schatz versteckt worden, damit ihr nichts geschah. Bei dem Temperament, das in ihr steckte, war mir klar gewesen, dass ihr die Decke daheim irgendwann auf den Kopf fallen würde. Und ich war ihre Freundin. Also stellte ich sie natürlich über meinen verrückten *Was-auch-immer* und ging mit ihr aus. Ich konnte auf uns aufpassen – außerdem war Dean anwesend. Also bitte. Mit diesem Mann in einem Raum konnte ihr NICHTS passieren.

Ja genau ... ich habe das Richtige getan, und wenn er jetzt aussteigt, dann steige ich einfach noch ein bisschen mehr aus – wir regeln es wie zwei erwachsene Menschen mit Sex und alles wird wieder gut.

Das redete ich mir zum Nervenschutz die endlosen Stunden lang ein, in denen ich auf eine Antwort wartete.

Die kam.

Aber nicht schriftlich.

Und die hatte es in sich – genauso wie ich gehofft hatte ...

***

Sobald ich das *Prudes* verließ, befand ich mich auf einer Reeperbahn im Einkaufsmeilen-Style. Unzählige funkelnde Etagen waren durch Gänge, Aufzüge und Rolltreppen verbunden. Jeder, der keinen Plan mit sich führte oder sich nicht genauestens auskannte, hatte keine Chance hier jemals wieder rauszufinden. Ein der Lust dienendes Lokal oder Geschäft reihte sich an das andere. Die schillerndsten Gestalten schwirrten umher, funkelnd, fröhlich, losgelöst und ich passte perfekt rein.

Daher konnte ich es wirklich nicht verstehen, dass Mad deswegen so einen Aufstand machte, weil ich hier war! Ich war schon vor ihm öfter unten gewesen! Außerdem musste er doch am besten wissen, dass ich auf mich aufpassen konnte.

Eine Stunde war bereits vergangen und er hatte nicht geantwortet.

Lilly und die anderen führten immer noch heftige Debatten (wobei alle außer ihr still waren), von denen ich irgendwann Kopfweh bekommen hatte, deshalb mischte ich mich ein wenig unter die Sexgemeinschaft.

Alkoholisiert genug, um jede noch so abgedrehte Aufmachung zum Totlachen zu finden, hatte ich richtig Spaß, doch der verging mir ziemlich abrupt, als ich bemerkte, wie ein warmer Körper hinter mich trat und ich die Spiegelung in der Scheibe erblickte ...

Er schob mich mit einem heftigen Ruck nach vorne. Meine Wange landete an dem kalten Glas des Sexshops und ich sah mich einem Riesendildo Auge in Auge gegenüber. Na wenigstens nicht Zahn um Zahn! Unbarmherzig wurden meine Handgelenke eingefangen und mit einem eindeutigen *Klick* hinter meinem Rücken gesichert.

»Ohhhh SCHEISSE!«, keuchte ich und kämpfte mit allem, was ich hatte. Doch derjenige war um so vieles stärker, nicht den Hauch einer Chance besaß ich. Und als nächstes wurde alles schwarz. Weicher Stoff legte sich über meine Augen, ein Knoten wurde auf meinem Hinterkopf gebunden und ich unliebsam herumgewirbelt. Dann hob die Welt ein wenig ab und ich landete auf etwas Hartem in geahnter luftiger Höhe.

Mir blieb nicht mal die Zeit mich aufzuregen!

Wild wurde ich durchgeschüttelt, als er sich mit mir als Sack über der Schulter seinen Weg durch die belustigt johlenden Menschen bahnte. Es ging so schnell, ich konnte nicht mal feucht werden!

Denn natürlich wusste ich, wer das war. Nur einer ging so radikal vor, und nur er wagte es auf diese Art und Weise mit mir umzuspringen! Also versuchte ich vorerst ruhig zu bleiben – zumindest für die nächsten fünf Sekunden.

1.

»Mad, lass mich runter!«

Keine Antwort.

5!!!

Ich wand mich umher, bis ich hinunterrutschte und aufkreischte, weil er tatsächlich einfach losließ. Im letzten Moment, bevor mein Gesicht Matsch werden konnte, fing er mich auf und warf mich erneut über seine Schulter. Jetzt befand sich mein Herz in meinem Höschen! *Lektion gelernt*! Ich hörte auf mich zu wehren, keifte aber dafür umso mehr.

»Als ob du mich jemals fallen lassen würdest, also bitte! Ich hab echt viel getrunken! Ich mach hier gleich einen auf Fontäne, dann haben wir den Kotzhaufen! Das ist wirklich total Neanderthaler-mäßig! Lass mich runter! Du weißt, ich hab Höhenangst und du bist ein verdammtes Hochhaus! Maahaaaad! Verdammte Scheiße!«

Keine Antwort.

Das betrunkene, euphorische Gegröle der anderen verklang abrupt und mein Magen hob sich erneut um ein kleines Stück, das hieß, wir waren in einen Aufzug gestiegen.

Meine Füße landeten auf dem Boden. Ich taumelte, mit den Händen hinter dem Rücken ist es gar nicht so leicht, das Gleichgewicht auf 12 cm

Absätzen zu halten! Starke Finger packten meine Oberarme, stabilisierten mich kurz und rissen dann mein hübsches glitzerndes Trägertop soweit auseinander, dass meine Nippel kühle Luft streifte.

Vor Schock erstarrte ich und schluckte, als ein Zeigefinger fast schon verträumt meine verräterisch aufgestellte Brustwarze umkreiste. Mir war etwas mulmig im Magen, doch gleichzeitig erregte mich die Situation ungemein. Das Spiel mit dem Ungewissen berauschte mich förmlich und das war *wirklich* irre. Japp. Irre ist mein zweiter Vorname, und?

All meine Sinne waren durch den Raub meiner Sehkraft auf das konzentriert, was ich fühlte. Und das was ich fühlte, verwirrte mich. Ich roch ihn nicht, zudem waren die Berührungen so teilnahmslos, so eiskalt, so unpersönlich, dass in mir einige brisante Fragen aufkamen.

Zum Beispiel: Es war doch MAD?

»Bist du es eigentlich?«

Was wenn nicht?

»MAD?«

Oder: Wieso hatte ich nicht auf ihn gehört?

Wenn mich jemand einfach gekidnappt hatte? Da unten liefen die schrägsten Vögel rum und dann hatten Steven Meyer (übelster Konkurrent des Price-Unternehmens und somit von Maddox Price) und Kasper (schmieriger, stinkreicher, ekelhafter Saftsack, dem Mad meinetwegen die Fresse poliert hatte) noch eine Rechnung mit mir offen.

Was, wenn es Kasper oder Meyer waren?

»Scheiße ...«, murmelte ich und wandte mein Gesicht ab. Mit einem Mal blockierte etwas meine Luftzufuhr, hinter meinen Augen brannte es heiß, als eine Welle der Panik mir mit unbarmherzigen Händen die Kehle zuschnürte. Daumen und Zeigefinger desjenigen, der mich gekidnappt hatte, packten meinen Nippel und zupften so fest daran, dass der Schmerz mich von meiner Angst ablenkte und von etwas anderem überlagert wurde. WUT.

»Sag mal, geht´s bei dir noch?!« Teilnahmslos wurden die Zwicker durch etwas Kühles, Metallisches ersetzt, das sich kompromisslos und langsam in meine aufgestellten Brustwarzen bohrte. Kurzzeitig wurde mir schwarz vor Augen. »OHHHH«, presste ich durch zusammengebissene Zähne aus, als er auch meinen anderen Nippel einklemmte. Alles mit absolut distanzierten, fachmännischen Berührungen und ohne einen Ton von sich zu geben.

Und das war der Beweis! Das konnte nicht Mad sein! Er sprach so gut wie *immer* beim Sex und das mehr als versaut!

Oh OZZY!

Als Nächstes schrie ich auf, weil meine Nippel brannten wie die Hölle persönlich. *Nippelklemmen*! *Mit Kette*!, schoss es mir durch den Kopf – an dieser zwang er mich, ihm zu folgen. »DU BASTARD!«, fauchte ich, folgte aber gezwungenermaßen stolpernd auf meinen hohen Stiefeln und hinter dem Rücken verbundenen Armen.

Erst mal war ich verwirrt, denn ein laues Lüftchen umschmeichelte meinen Körper. Ich hörte aus weiter Entfernung das gewohnte, elektrisierende Rauschen einer Großstadt und die Luft war dennoch rein.

Waren wir etwa draußen? AUF dem Tower?

Wo hatte der Irre mich hingebracht und wer war er überhaupt?

Ich war kurz davor die Nerven zu verlieren, als ich grob auf die Knie gezwungen wurde und kühles Gras meine sensible Haut umfing. Und damit meine ich nicht das zum Rauchen!

Eine Hand packte meine Haare, hielt mich eisenfest an Ort und Stelle. Die andere öffnete einen Reißverschluss ... Ich hörte es ganz genau, so gespannt, wie all meine Sinne waren.

Mit bebenden Nasenflügeln presste ich die Lippen aufeinander. Die Panik schnürte mir nun komplett die Atemwege zu, gleichzeitig wollte der Alkohol plötzlich dringend den Gang meine Kehle nach oben antreten. Obwohl ich mir selber die Haare ausriss, drehte ich schluchzend mein Gesicht weg. Ich konnte diesen so eindeutigen Ton nicht mehr zurückhalten - beim besten Willen nicht. Das waren gerade zu viele Emotionen, die auf mich einprasselten, und mein langsamer Verstand kam nicht mehr mit. Der Fluchtinstinkt setzte ein.

Lange Finger berührten meinen Kiefer, zogen ihn zurück und hielten ihn an Ort und Stelle ... warmer Atem streifte mein Gesicht und Lippen drückten sich auf meine. *Geliebte* Lippen ... Sofort sackte ich erleichtert in mich zusammen und in den Kuss hinein. Saugte den exquisiten Geschmack in mich auf, der meine durchdrehenden Nerven entspannte.

Der Kuss war verzehrend und all die Beruhigung, die ich brauchte.

Ich befand mich unter Mads Führung und in dieser konnte ich mich völlig fallen lassen. Ich vertraute ihm.

Stöhnend küsste ich ihn zurück, wollte mit einem Mal mehr. Wollte ALLES.

Es konnte gar nicht schnell genug gehen, doch als diese Regung mich überrannte und ein bekanntes, verlangendes Prickeln in mir auslöste, stand er wieder auf und raubte mir seine Nähe. Der Mann musste Gedankenleser sein, aber das dachte ich mir bei unseren Spielen ständig. Es war gruselig, wie er mich manipulieren konnte. Und immer noch brachte ich den dafür gebührenden Hass und die Angst davor nicht auf. Da war nur Liebe und sogar Respekt.

Gar nicht liebe- oder respektvoll klatschte kurz darauf eine pralle Eichel auf meine Unterlippe. Wie auf Befehl öffnete ich den Mund und erschauerte, als seine Finger sich wieder in meine Haare schoben. Bei Weitem nicht so sanft, wie der Kuss gerade gewesen war – doch ich genoss auch das ... Den Spaß am Blasen hatte ich mir selber beigebracht. Gierig umfing ich seinen wahrhaftigen Hammer, so gut ich konnte. Saugte daran, umkreiste die Spitze mit der Zunge, bis ich den bitteren Lusttropfen schmeckte, und lauerte darauf, dass er einen winzig kleinen Ton von sich gab. Aber Mad war Profi. So etwas erlaubte er sich nicht, wenn *er* das nicht wollte. Grundsätzlich ging es darum, was *er* wollte, aber dennoch zu meinen Bedingungen.

Gerade als ich dachte, ihm wäre ein unterdrücktes Stöhnen entbüchst, kam er unangekündigt in meinen Mund. Ich hatte Probleme, alles von dem widerlichen Zeug zu schlucken und hasste den Geschmack. Ehrlich! An Sperma ist wirklich nichts lecker oder köstlich, erdbeerig oder sonst was! Es ist einfach nur eklig! Aber ich wusste, dass es ihn anmachte, wenn ich schluckte und ihn zu erregen, erregte auch mich. Deswegen machte ich kurzen Prozess. Fertig.

Er zog mich nach oben. Der Reißverschluss meiner Stiefel wurde geöffnet, die Schuhe entfernt, dann ließ er erneut von mir ab.

Ein leises Rascheln war alles, was ich vernahm, während ich leicht atemlos und unnütz in der Gegend rumstand. Doch dabei fühlte ich förmlich, wie er meinen Anblick in sich aufsaugte. Mein an den Brüsten zerrissenes Oberteil, die zarten Rundungen, die er vergötterte ... den kurzen Rock ... die halterlosen Strümpfe an meinen langen Beinen, mit denen ich ihn IMMER in den Wahnsinn trieb, und vor allem meine gefesselten Hände und verbundenen Augen.

Er liebte es, wenn ich hilflos war. Sicherlich dämonisch grinsend ergriff er die Kette. Ich konnte mir dabei genau sein wunderschönes Gesicht über mir vorstellen, das leidenschaftliche Funkeln in seinen dunklen Augen. Und das tiefergehende aber konstante Glühen der Liebe dahinter, die er mir anders nicht zeigen konnte.

»NICHT WIEDER AN DEN ...!«, rief ich aus, als er mich tatsächlich an den Nippeln durch die laue Nacht zog, wie der Bauer die Kuh am Nasenring. Es ging eine Stufe herab und mit einem Mal stießen meine Sohlen auf warmes Wasser.

Es plätscherte leise, sanft umspielte die Nässe meine Waden, meine Oberschenkel, bis ich hüfttief darin eingetaucht war.

Wo ZUM TEUFEL waren wir nur?

Schmerzhaft zog er mich an sich und ich spürte seine nackten, harten Muskeln, seine unnachgiebige Kraft, die sich an mich schmiegte. Wir passten perfekt zusammen. Erneut küsste er mich. Langsam und sinnlich. Ich merkte, dass seine sonst unkontrollierbare Wut bereits nachgelassen hatte, so wie immer, wenn er sie an meinem Körper ausließ. Nur ich war dazu fähig ihm dies zu geben.

Ich lächelte in den Kuss und drängte mich leise stöhnend noch enger an ihn. Er wich zurück und hob mich mit einem Mal an den Rand des Beckens. Das Wasser rann kribbelig an meinem erregten Körper herab, während er auch schon meine Beine spreizte und meinen Lack-Tanga zur Seite schob.

Seine Zunge war heiß, als er meinen Kitzler antippte, sie dagegenschnalzen ließ, sodass ich meinen Rücken durchbeugte und laut in die Nacht stöhnte. Das tat er grundsätzlich immer, wenn er begann, mich zu lecken. Der Mann war eben ein verdammter Neurotiker. Er umkreiste den Punkt, saugte feinfühlig daran, machte mich innerhalb kürzester Zeit orgasmusbereit – ließ dann von mir ab ... und mich alleine sitzen.

Ich glaube, der Penner schwamm eine Runde, während ich keuchend und hechelnd durchdrehte und nicht wusste, wohin mit dem starken Pochen zwischen meinen Beinen. Mich selbst berühren konnte ich ja nicht.

»Was wird das?«, motzte ich. »Hast du deine Zunge verloren, obwohl nein, das hast du nicht ... Oder die Fähigkeit, klare Sätze zu formulieren? Ich meine, sogar eine Ein-Wort-Anweisung wäre was ... MAD? Bist du weg? Ertrunken? Hallo?«

Mit einem Mal war er sogar nicht nur BEI mir, sondern IN mir. Mit seinen Fingern. So abrupt, dass ich aufkeuchte und sich meine Muskeln um ihn zusammenzogen. Langsam fickte er mich, die Lippen nur Millimeter von meinen entfernt. Als ich ihn diesmal wild und verlangend küsste, grinste er merkbar. Sobald ich jedoch wieder soweit war, jede Sekunde in einem heftigen Orgasmus zu explodieren, ließ er von mir ab und schwamm ein paar Runden. SO ZUR ENTSPANNUNG ODER SO!

Langsam ging mir die Geduld aus!

Das dachte ich beim zweiten Mal, aber beim achten – nach stundenlanger Folter – glich ich einem wütenden, fauchenden, spuckenden, unmenschlichen Wrack ... Ich war ein wimmerndes, lüsternes Häufchen Notgeilheit, dass ALLES für die Erlösung getan hätte.

Ehrlich ...

»MAD ...«, schluchzte ich also in seinen Mund. »Ich kann nicht mehr ...«, kaum bekam ich die Worte raus, während er mich weiter verwöhnte und ich mich verzweifelt um ihn zusammenzog. Er stöhnte. Schon mal etwas! Meine Hüften zuckten unkontrolliert, mein gesamter Körper zitterte. »Was muss ich sagen, damit du aufhörst?«

Wir hatten schließlich nie ein Safe-Word vereinbart, weil er kein typischer Dom und ich erst recht keine normale Sklavin war.

Seine Finger verschwanden auf der Stelle.

Langsam zog er mir die Augenbinde herab. Verwirrt blinzelte ich gegen die Helligkeit und wurde sofort von seinem dunklen, gequälten Blick gefangen genommen. Er war so intensiv, dass mir völlig die Luft wegblieb. In ihm stand genauestens geschrieben, dass er nicht nur mich während der letzten Stunde gefoltert hatte.

»Hör auf«, raunte er mit dieser einen Stimme, die sich heiß in mir ausbreitete, so als wäre es selbstverständlich.

Ich kicherte leicht hysterisch.

»Darauf bin ich nicht gekommen ...«

Er lächelte – so verdammt sexy – und zog mein Gesicht erneut zu sich herab, um mich zu küssen. Ich küsste ihn mit allem, was ich hatte zurück und stöhnte tief, als ich fühlte, wie er endlich, ENDLICH seinen Schwanz ansetzte. Langsam schob er ihn in mich.

»Es gibt Gründe, wenn ich dir etwas verbiete. Wie oft soll ich dir das eigentlich noch klarmachen? Das hier hätte auch locker nicht ich sein können und dann? Hast du dich wehren können? Bist du alleine klargekommen?«, presste er an seinen Zähnen vorbei und drang weiter ein, wobei er langsam vorgehen musste, weil ich so eng und er so riesig war. »Dort unten ist es ... *gefährlich* ...« Mit einem Ruck war er ganz in mir. Was meinte er eigentlich? Meinen Bären? Ja, der war wohl wirklich gefährlich für ihn.

Ich kniff die Lider zusammen, ließ meinen Kopf an seine angespannte Schulter fallen und presste meine Lippen gegen seine schnell pochende Halsschlagader.

Das Einzige, das mir gefährlich werden konnte, war er!

»Mach meine Hände los!«, stöhnte ich, als er sich zurückzog.

Er tat es, denn das Spiel war beendet.

»Und halt die Klappe!«

Mit beiden Armen stützte ich mich hinter mir ab, hob meinen Arsch, stemmte die Hacken an den Poolrand und glitt wieder an seinem Schwanz nach unten, bis er so tief in mir war, wie ich es ertragen konnte. Dank täglichen Trainings im Bett und einer natürlichen Gelenkigkeit war dies kein Problem.

Er stöhnte tief und ließ den Kopf nach hinten fallen. Das Wasser perlte über seine muskulöse nackte Brust, die nur vom Mond erhellt wurde, der hier oben so unsagbar nah war, dass man die Krater genauestens erkennen konnte – wenn man einen Blick für sie übrig gehabt hätte ... Das hatte ich nicht. Es war mir egal, wie es auf dem Tower aussah und dass es hier anscheinend eine riesige Pool-und-was-weiß-ich-was-Landschaft gab. Denn in mir war Maddox Price.

Seine Hände lagen auf meinen Hüften während ich anfing mich mit seinem Schwanz zu ficken, mich selbst zu massieren, ihn so lange und so heftig zu benutzen, bis ich kam und er mir die Nippelklemmen in dem Moment abnahm – mein Orgasmus dauerte gefühlte Jahrzehnte und glich dem Urknall. Zusammen erlösten wir uns gegenseitig.

***

»Das hattest du eigentlich nicht verdient ...«, knurrte er an meiner Schläfe und küsste sie. Ich schlang beide Arme um ihn. Mein gesamter Körper war nur noch eine bebende Masse aus verausgabten Muskeln. Sein Arm umfing mich und hielt mich sicher an sich gedrückt, dann stieß er sich ab und zog mich in das tiefe Wasser, wo ich meine schlappen Beine um seine Hüften legte.

»Wann wirst du jemals lernen, dass ich nicht das tue, was du sagst, nur *weil* du es sagst?«, murmelte ich und lehnte mit geschlossenen Lidern mein Ohr an seine Brust, lauschte seinem Herzschlag.

»Wann fängst du mit den Entwürfen für den neuen Tower an?«

»Nicht schon wieder, Mad! Ich werde nicht deine neue geniale Architektin. Ich bin zufrieden damit, deine persönliche noch genialere Assistentin zu sein ...«

»Du bist von deinen Gefühlen geblendet, lass das nicht auf die Arbeit übergreifen.«

Ich verdrehte die Augen. Arbeit über Gefühle – das war seine Devise. Aber für mich hatte er sie schon oft gebrochen. Er verstand nicht, dass ich mich nicht nur durch meine Arbeit definierte, sondern dass für mich andere Dinge zählten als ein super bezahlter Angeberjob und genug Geld in der Tasche.

Außerdem war ich der Diskussion müde ... so müde ... Besonders jetzt nach dem Urknallorgasmus!

»Cey trifft bereits morgen ein. Er verlässt sich auf mich ... Es würde dem Ruf der Firma schaden, wenn ich sage, meine Empfehlung ist abgesprungen. Und so schnell finde ich auch keinen gleichwertigen Ersatz. Das könnte Price ruinieren.«

Wütend wich ich etwas zurück, um ihm in das unschuldige, verboten perfekte Gesicht zu sehen.

»Das ist Erpressung!«

Losgelöst grinsend zuckte er mit den Schultern. Ich musste lachen, es ging einfach nicht anders, wenn er sich in solcher Stimmung befand. Dieser Mann war zu reizvoll, um wahr zu sein. Mein ganz persönlicher dunkelhaariger, funkeläugiger, muskulöser Traum.

Zufrieden beugte er sich vor und sprach an meinen Lippen. »Wer hat jemals gesagt, dass ich mit fairen Mitteln spiele, Miss Churchill?«

Dann küsste er mir wieder die Seele aus dem Leib und leitete runde Nummer zwei ein.

Okay!

Ich würde es tun! Den blöden Tower 2 bauen, mit seinem blöden besten Freund und einem eifersüchtigen Mad Maddox im Nacken. Denn eigentlich hatte er Recht. Ich hatte kein Diplom in Architektur und er bot mir ein Millionengeschäft an. Mein Name würde in die Geschichtsbücher eingehen – ich wäre dämlich, wenn ich es nicht machte, außerdem wollte ich ihn nicht enttäuschen. Aber das war nicht das Einzige, was mir bevorstand.

Das Wichtigste: Ich musste etwas wegen Lillys Kumpel unternehmen, ihn aus den Fängen der Unterwelt befreien. Das hieß, ich musste mit ihr in die untersten der unteren Etagen – zu den wirklich üblen, üblen Leuten, also zu genau jenen, von denen Mad mich tunlichst fernhalten wollte. Und das, ohne, dass der Kontrollfreak, dem ich mit Leib und Seele verfallen war, etwas davon mitbekam.

Halleluja. Ich liebte mein Leben ...

6. Lilly

Levis saß in meinem Zimmer wie so oft auf seinem Stammplatz von früher, der Bettkante, und ich weilte vor meinem Schminktisch. Fahrig fuhr ich mir mit den Abschmink-Tüchern über das Gesicht, während ich ihn durch den Spiegel anblickte. Er war immer noch so schön wie früher, perfekte Gesichtszüge, perfekter Körperbau, perfekte Lippen, Kiefer, Augen, Haare, Finger, Knie, Bauchnabel, Ellbogen, Arschgrübchen. Alles perfekt an meinem besten Freund, in den ich immer noch so was von verschossen war, dass mädchentypische Symptome sich sogar bei mir breitmachten. Bauchflattern, weiche Knie, trockene Kehle, feuchte Hände – das widerliche Zeug eben ...

Und er war eine Hure! Aber nicht nur das! Er gehörte Vladimir Romanov (der seinen Nachnamen nicht von irgendwoher hatte), dem besten Freund meines Bruders, Zuhälter, Drogenbaron und sonst noch was!

Wie Levis da reingeraten war?

Er musste mit Vlad einen Deal eingehen! Und welchen Deal er eingegangen war?

Er hatte sich ihm verschrieben! VERSCHRIEBEN, VERDAMMT! Das hieß, Levis GEHÖRTE einem der skrupellosesten, übelsten Typen überhaupt! Er konnte alles mit ihm anstellen!

Und wieso?

Damit Vlad den Stalker für mich erledigte!

HA!

Ich wollte weinen, schreien, ihn schlagen – tat aber nichts davon.

Sobald ich abgeschminkt war und Levis seine grandiose Beichte beendet hatte, saß er einfach nur auf der Kante, den Kopf in beide Hände gestützt, mit eingefallenen Schultern und absolut verzweifelt. Ihn so zu sehen, verursachte mir fast physische Schmerzen. Deswegen stand ich auf und stellte mich vor ihn ...

Wir hatten immer eine sehr innige, körperbetonte Beziehung gehabt. Von meinen Eltern und anderen Familienmitgliedern bekam ich alles, was ich wollte, außer Zuneigung, und so war Levis derjenige gewesen, den ich zum Kuscheln missbraucht hatte. Es war nicht ungewohnt die Hand auszustrecken und durch seine seidigen, hellen Strähnen gleiten zu lassen, und auch mit dem zu schnell schlagendem Herzen kam ich (durch viel Übung) klar. Aber etwas hatte sich eindeutig geändert, denn er nahm plötzlich meine Hand und hielt mich von sich ab. Das hatte er zuvor noch nie getan!

Als er den Blick hob, fand ich etwas in seinen Augen, das mich frösteln ließ: die pure Qual.

»Fass mich nicht an Lil ...«

»Wieso?« Irritiert runzelte ich die Stirn, woraufhin sich sein makelloses Gesicht noch ein wenig mehr verzog.

Er antwortete nicht, sondern ließ sich einfach rückwärts aufs Bett fallen und schlug einen Arm über seine Stirn. Ich krabbelte neben ihn auf die weiche, riesige Matratze. »Weswegen soll ich dich nicht mehr anfassen? Magst du das nicht mehr?« Ich fühlte mich gekränkt und er bemerkte das wohl auch ... denn er lachte humorlos.

»Ich mag nichts lieber als das, vertrau mir ...«, meinte er irgendwie ziemlich sarkastisch und funkelte mich unter dem ausgeprägten tätowierten Bizeps hinweg mit seinen ausdrucksstarken Augen an. »Aber ich bin nicht mehr derselbe wie vor sechs Monaten Lil ... ich bin ...« Angestrengt schluckte er und sein Adamsapfel hüpfte. Ich zog seinen blöden Arm weg, als er wieder die Augen vor mir versteckte.

»Du bist was?«, zischte ich und unsere Blicke versanken erneut ineinander. Er presste den Kiefer aufeinander und verhärtete seine Züge.

»Dreckig.«

Mir klappte der Mund auf, meinte er das ernst?

Wieder grinste er dieses eine spöttische, humorlose und auch arrogante Lächeln, das ich davor noch nie an ihm gesehen hatte und das ich zu HASSEN begann wie die Pest!

»Wenn du wüsstest, was ich die letzten Monate alles getan habe, wo diese Finger waren ...« Angewidert und etwas ratlos musterte er seine Hand, als würde sie nicht ihm gehören. Ich sah nichts weiter als schöne, gepflegte, lange Männerfinger. »Dann würdest du mich nicht einmal mit der Kneifzange anfassen!«

»SAG MAL, SPINNST DU?«, explodierte ich. »Hör auf damit! Ich liebe deine Hände!« Im Eifer des Gefechts fing ich eine davon ein und zog sie an mich, drückte sie auch noch genau an mein Herz – nur zur Verdeutlichung des Gesagten. Aber ich hatte vergessen, dass sich nun zwischen Herz und seiner Hand noch ein anderer Teil von mir, befand: meine Brust ... Oh nein ... Mein Nippel stellte sich sofort mit einem Prickeln zwischen meinen Beinen auf.

Levis erstarrte ... ich erstarrte ... die ganze Welt erstarrte und ich fühlte, wie die Röte in meine Wangen schoss! Wie konnte ich nur so was tun! Das war eine der imaginären Grenzen, die keiner von uns jemals überschritten hatte. Wir betatschten uns zwar oft, beim Tanzen geschah das zwangsläufig, aber nie DORT oder DORT unten!

MIST!

Langsam ließ ich ihn los, gab ihm eine Möglichkeit zur Flucht und er nutzte sie einige Sekunden zu spät – fast unwillig. Bis dahin hatte sich sein Abdruck förmlich bis in mein gequältes Herz gebrannt. Als Nächstes zerrte er mit einem resignierten Seufzen die Decke über seine Hüften nach oben und schloss gequält die Augen. War ihm etwa kalt? Also mir ging es genau umgekehrt!

»Und ich sollte dich erst recht nicht berühren ...« Das war so ein Nonsens, aber wenigstens ging er nicht weiter auf meinen Fauxpas ein.

»Du bist mein bester Freund. Egal was du getan hast oder tun wirst, ich werde immer zu dir stehen ...«, rasselte ich herunter, kämpfte dabei gegen mein immer noch zu schnell schlagendes Herz an, fühlte ihn immer noch auf mir. Mein blöder Nippel ärgerte mich, Levis hatte sicher mitbekommen, wie er sich verräterisch aufgestellt hatte. »Hör auf mit diesem melodramatischen Scheiß!« Das Ganze machte mich wütend, vor allem meine Dummheit! Deswegen legte ich mich neben ihn, zog seinen Arm wieder von seinem Gesicht weg und hielt ihn fest. Die freie Hand platzierte ich auf seiner Wange.

»Und jetzt?«, fragte ich. Er drehte mir sein Gesicht zu, es war aus solcher Nähe fast mehr als ich ertragen konnte. Diese blöden grauen Funken in seinen dunkelblauen Augen lenkten mich von allem ab. Sein Atem auf meinem Gesicht tat den Rest ... Lächelnd strich ich mit meinem Zeigefinger sanft über diesen kantigen Kiefer und über die Tätowierungen, die sich an seinem Hals hochschlängelten. »Was soll denn schon passieren wenn ich dich berühre?«, neckte ich ihn und er grinste schwach, mein altes Levis-Grinsen, das frei und losgelöst war.

»Einiges ...«, hauchte er und ich hob fragend die Augenbrauen.

»Was denn zum Beispiel?« Er zog es ins Lächerliche.

»Deine Finger könnten abfallen ...«

»Sind fest dran ...«

»Du könntest dir eine Krankheit holen ...«

»Sicher nicht ...«

»Du könntest allergisch auf mich reagieren und üblen Ausschlag bekommen, der zu Warzen führt ...«

Ich verdrehte die Augen. »Jetzt mal im Ernst! WAS. SOLL. SCHLIMMES. PASSIEREN?«, drängte ich ihn weiter.

Er musste doch selber einsehen wie lächerlich er sich auff...

»Ich könnte die Kontrolle verlieren und dich küssen!«

Er hätte sagen können: Ich esse jeden Morgen Hundebabys, ich wäre genauso geschockt gewesen. Es hätte ebenso unreal für mich geklungen. Meine Finger erstarrten an seinem Kiefer. Als wäre ihm erst jetzt klar geworden, was er da gesagt hatte, riss er die Lider auf und stützte sich auf seinen Ellbogen, um mich mit großen, schockierten Augen anzusehen. »Das habe ich so nicht gemeint Lil ... Das war nur ein blöder, kleiner Scherz ... Ich denke wirklich nie daran, dich zu küssen oder ... sonst was mit dir zu tun ... Ich ...«

Meinen Körper überrollte so etwas wie eine Welle Euphorie gemischt mit Lust, die seine Worte in mir ausgelöst hatten. Die ganzen Jahre hatte ich nur auf ein einziges noch so kleines Zeichen von ihm gewartet, und jetzt, in der aufgeladenen Stimmung nach unserer Trennung war es geschehen. Zu oft hatte ich mir ausgemalt, was ich beim kleinsten Anzeichen tun würde. In meinem Kopf hatte sich der Film schon so oft abgespielt, dass es wie das Natürlichste der Welt schien, mich vorzubeugen und meine Lippen auf seine zu pressen.

Sie waren warm und ungewohnt weich und vor allem VON LEVIS! Er erstarrte auf der Stelle, was mich innerlich durchdrehen ließ! Anscheinend hatte ich das Signal doch falsch verstanden und jetzt gefährdete ich die wichtigste Freundschaft, die ich je gehabt hatte! SCHEISSE! SCHEISSE! SCHEISSE! RÜÜÜCKZUUUUUUUUUG!

Ich würde es auf den Alkohol schieben! Mit diesem Gedanken wollte ich zurückweichen, doch ich kam nicht weit, denn mit einem Mal schoss seine Hand nach oben und umfing meinen Nacken. Stöhnend beugte er sich vor und KÜSSTE MICH – richtig! Überwältigte mich mit seinen Lippen völlig.

Oh Gott, oh Gott, oh Gott!

Und ich hob die Hand, berührte wieder seine Wange, kniff die Augen zusammen und öffnete meinen Mund, meine Seele, mein alles für ihn ... Spürte, wie seine Zunge über meine glitt und stöhnte tief ... Er drängte mich, selber einen wahnsinnig sexy Laut von sich gebend, zurück in die Kissen, sodass ich auf dem Rücken zum Liegen kam, beugte sich über mich und intensivierte den Kuss nochmals, bisher hätte ich nicht gedacht, dass das möglich wäre. Meine Arme umfingen seinen Nacken, wie schon so oft beim Tanzen, ich war mir seines warmen Körpers neben meinem zu sehr bewusst, wusste, wie es sich anfühlte, wenn ich die Hüften an ihm rieb, meinen Hintern ... meine Brüste ... Diese Vorstellungen ließen mich erneut keuchen und auch er tat es mir nach.

Es hörte sich verdächtig nach meinem Namen an, bevor er sich wieder auf meine mittlerweile geschwollenen Lippen stürzte und alle Barrieren, die es jemals zwischen uns gegeben hatte, einfach wegküsste.

In meinem Kopf befand sich nichts außer seinem Geruch, seinem Geschmack, das Gefühl seiner Zunge, die elektrisierende Funken direkt zwischen meine Beine schickte und mich zum Wimmern brachte. Meine Hand glitt fahrig über seine angespannten muskulösen Arme, die breiten Schultern und an seinem nackten, wundervollen Bauch herab. Ich wusste wirklich nicht, was ich mir dabei dachte, wahrscheinlich gar nichts! Aber mit einem Mal strich ich über seine Hose, fühlte ihn hart und bereit darunter zucken und kam fast allein davon, zu merken, wie sehr ich ihn tatsächlich erregte.

Dann war er weg!

Und ich lag alleine im Bett!

Fluchend war er von mir gesprungen, stand nun atemlos, mit geballten Fäusten, oben ohne und nur in einer tief sitzenden hellen Jeans, hinter der er immer noch mächtig – ich meine damit wirklich MÄCHTIG – erregt war, vor mir. Seine dunklen, verlangenden Augen starrten mich anklagend an.

»Wieso hörst du auf?«, platzte es aus mir raus, ich wollte aufspringen und zu ihm gehen. Die Barrieren waren eingerissen! Jetzt gab es sowieso kein zurück mehr! Doch er wich nach hinten, bis er mit dem Rücken gegen die Wand knallte, dann raufte er sich die Haare und kniff die Augen zusammen.

»Bleib wo du bist!«

Gerade vom Bett hochgekämpft, blieb ich unsicher vor ihm stehen ... Wollte er es ... wollte er MICH doch nicht?

»Wieso?«

»Verdammt Lil!«, schoss es plötzlich aus ihm raus, und als er mich erneut ansah, funkelten seine Augen vor Zorn. Er zeigte auf sich selbst. »Ich bin eine verdammte Hure! Willst du wirklich meinen verseuchten Schwanz anfassen?«

Mir fielen fast die Augen aus dem Kopf und ich schüttelte ihn, um meine wirren Gedanken zu klären.

»Ich habe dir gesagt, dass mir egal ist, *was* du bist, für mich zählt nur, *wie* du bist! Du könntest noch so viele Frauen gevögelt haben, das ändert nichts an meinen Gefühlen für dich! Ich kenne dich, kenne dich seit dem Kindergarten, Lev ... ich weiß, dass du ein guter Mensch bist! Und es interessiert mich einen Scheiß, womit du dein Geld verdienst!«, schrie ich jetzt, weil etwas in mir platzte! Ich hasste es, wie er sich sah! Denn das war absolut FALSCH!

Er fing an, im Zimmer umher zu tigern ... Kopfschüttelnd, sich die Haare raufend ... barfuß, nur in dieser Hose und immer noch einem leichten Ständer, ja, ich konnte einfach nicht weggucken, tut mir ja auch wirklich leid! Das war zu sexy!

»Ich hab sie nicht einfach nur gevögelt, Lil ... Ich habe sie erniedrigt, sie missbraucht, ihnen wehgetan, sie gefoltert ... Ich musste Dinge tun, von denen ich dachte, ich wäre niemals imstande dazu ... verstehst du? Und es hat mir nicht nur gefallen ... ich habe es geliebt ... all diese perverse, dreckige Scheiße! Mein Kopf ist voll davon! Ich bekomm nur einen verdammten Ständer wenn ich daran denke, das auch mit dir zu tun! VERSTEHST DU DAS NICHT? Früher hätte ich es nie gewagt, auch nur daran zu denken so etwas mit dir zu treiben, dich einfach so zu entweihen ...«

»*Entweihen*?« Das entkam mir als ungläubiges Lachen. Er ignorierte mich.

»Aber jetzt habe ich keine Grenzen mehr ... Ich kann das nicht mit dir tun, Lil. Ich habe dich nicht verdient! Noch nie! Und jetzt noch viel weniger als damals!« Resigniert hielt er inne ... lehnte tief ausatmend seinen Arsch an meine Kommode und ließ den Kopf nach hinten fallen. »Das hätte nicht passieren dürfen ... Ich darf dich einfach nicht verlieren. Und das würde ich ...«

»Würdest du nicht!«, spie ich aus. Aus irgendeinem Grund hatte ich Tränen in den Augen. Er gab wieder dieses ätzende, spöttische Lachen von sich. »Natürlich würde ich das ... Ich kenne dich, weiß ganz genau, wie du tickst. Stell dir vor, wir gehen jetzt weiter ... und ich kann mich beherrschen und normalen Sex mit dir haben ... Morgen wachst du auf, bist nicht mehr betrunken und du hattest mit *einer Hure* dein erstes Mal, welches du dir all die Jahre so standhaft aufgehoben hast ...«

»Für dich«, entkam mir als festes Hauchen. Ich konnte es einfach nicht mehr zurückhalten und sein Blick flog schockiert zu mir, aber jetzt mit einem primitiven, besitzergreifenden Glühen gesättigt.

»Für ... *mich*?« Seine Stimme wurde tiefer – und heiser. Ich fühlte sie förmlich zwischen meine Beine streichen und dort alles noch feuchter werden lassen. *Oh Gott ...*

Jetzt war es sowieso schon egal ...

»Ja ... Ich wollte immer dich. Deswegen hat mir ein anderer nie etwas bedeutet.«

Gequält schloss er die Augen, als hätte ich ihn geschlagen. Seine Stimme klang hohl und auch etwas zittrig. »Sag das nicht ... *Nicht jetzt* ...

VERDAMMT!« Mit einem Mal war er bei mir und hatte mich an den Oberarmen gepackt, bohrte die Finger hinein und schüttelte mich auch noch! »WIESO HAST DU ES MIR NIE GESAGT?«

»Hör auf Lev!« Die Tränen liefen nun endgültig in Sturzbächen über mein Gesicht, doch er ließ sofort von mir ab.

»Wenn du nur ein Wort gesagt hättest ... Nur ein einziges verficktes Wort!« Er schüttelte den Kopf, während er hilflos auf mich herabsah ... dann schloss er erneut die Lider und atmete tief durch. »Wie auch immer, es ist jetzt nicht mehr von Bedeutung.«

»Was?« Meine Arme hatte ich schon länger um mich gelegt, jetzt wich ich einen Schritt zurück, wurde langsam richtig wütend und zischte. »Was meinst du damit, es hat keine Bedeutung?«

»Es ist zu spät!«

»Levis, willst du mich?«

Zähneknirschend blickte er aus dem Fenster, und als er mich wieder ansah, war alles an ihm abgeklärt und entschlossen. Egal was, er hatte entschieden und ich würde diesen Entschluss nicht mehr ändern können. Ich kannte diesen Sturkopf.

»Ja Lil ... ich will dich, seitdem ich denken kann ... und du willst mich anscheinend auch genauso lange. Und doch haben wir all die Jahre geschwiegen. Scheißschicksal, hm? Denn jetzt GEHT es nicht mehr! Es ist zu spät! Ich werde mir niemals wieder erlauben, dich zu küssen ...« Ich wollte etwas erwidern, aber er unterbrach mich ruppig – die Iriden blitzten warnend.

»Ich werde dich nie wieder auf diese Art berühren und du wirst es bei mir auch nicht versuchen, hast du verstanden Lillian Anthonia Price? Ich war schon damals nicht gut genug für dich, aber jetzt bin ich das Schlimmste, was dir passieren kann!« Und somit wirbelte er auf dem Absatz herum und ließ mich alleine in meinem Schlafzimmer stehen.

7. Unbekannt

Die Decke hatte sie fast komplett von sich gestrampelt, nur ein langes seidiges Bein umfing den weichen Stoff. Sie lag seitlich, ihr Gesicht war schmerzhaft verzogen und nur durch das hereinfallende Licht des Mondes erhellt. Es war dennoch anbetungswürdig – ich kannte ihre Züge in und auswendig.

Ihre kleinen Fäuste krallten sich in ihr Kissen, sie wimmerte, doch der Ton blieb aus. In ihren Albträumen gefangen war sie besonders schön, ihr Gesicht verzog sich auf eine Art, wie ich sie mir vorstellte, wenn sie kam ... von mir dazu getrieben.

Doch heute Nacht störte etwas den normalen Ablauf.

Mit verengten Augen beobachtete ich, wie ihre Zimmertür aufglitt und Levis Cold den Raum betrat, während sie nichts ahnend schlummerte.

Er stellte sich direkt vor sie und sah mit schief gelegtem Kopf auf sie herab. Die Naturgewalt vor den riesigen Fensterscheiben tauchte seinen athletischen, bei den Frauen heißbegehrten, halb nackten Körper in ein mysteriöses Licht.

Ich konnte im Moment vieles nur erahnen. Aus meiner Perspektive war sein Gesichtsausdruck nicht zu erkennen, aber der kranke Bastard beobachtete sie geschlagene zehn Minuten lang.

Seine breiten Schultern hoben und senkten sich ausgiebig, als er tief durchatmete.

Dann schlüpfte er aus seiner Hose und zu ihr ins Bett ... Vorsichtig, langsam, um sie nicht zu wecken, platzierte er sich mit etwas Abstand vor ihr, faltete die Hände unter dem Gesicht, betrachtete sie ausgiebig, aber berührte sie nicht.

Ich konnte förmlich fühlen, wie ihr warmer Atem auf ihn traf. Sie wimmerte, verzog die Lippen nach unten, gab ein Wort von sich, und er streckte die Hand aus. Hauchzart glitt er mit dem Zeigefinger über ihren vollen, einladenden, perfekt geformten Mund und prompt ... lächelte sie erleichtert. Unbewusst und immer noch tief schlummernd überwand sie die Deckenbarriere und schmiegte sich an ihn, kuschelte sich förmlich an seine Brust und nach einiger Zeit legte er zögernd den Arm um ihre Taille ...

Ja, er hatte sie schon immer zum Lächeln gebracht. Er hatte sie schon tausend Mal so gehalten.

Es reichte! Endgültig!

Also betätigte ich einen Knopf an meiner Gegensprechanlage und gab einen knappen Befehl, der eine neue Ära einleiten würde.

»Holt ihn euch!«, befahl ich tonlos und lehnte mich dann zurück, um die folgende Show auf einem der unzähligen Bildschirme vor mir zu genießen ...

Leo

Maddox Price kniete vor mir und wusch meine Oberschenkel, wobei sich seine Hand öfter als nötig zwischen meine Beine verirrte. Nebenbei hielt er eine Rede – natürlich ließ der Mann selbst am Morgen nicht locker.

»Du kennst die Abgründe des Towers nicht. Alles was du bis jetzt getan hast, ist an der Oberfläche zu kratzen, deswegen hast du noch keinen Schmutz unter den Nägeln und genau so soll es auch bleiben! Es reicht, wenn einer von uns beiden dreckig wird ... Nein, sei still! Da unten hast du nichts verloren und das ist mein voller Ernst. Kein Spiel. Leona ...« Somit stand er auf und funkelte mit seinen unsagbar funkelnden Augen auf mich herab. »Wenn du da runter gehst, kann ich nicht für deine Sicherheit garantieren ... und dann drehe ich durch! Du willst nicht wissen, wozu ich dann imstande bin.« Dies war nicht viel mehr, als ein tonloses Hauchen, doch mich schüchterte er nicht ein. Oh nein!

»Tust du das nicht immer?« Grinsend stellte ich mich unter den Strahl und wusch das duftende Duschgel von meiner zuvor von ihm verwöhnten Haut.

»Ich sage ja, du hast keine Ahnung.«, murmelte er und trat aus der Dusche. Fast hätte ich geschmollt, während ich seinem herrlichen Arsch sehnsüchtig hinterherblickte.

Er schlang sich natürlich kein Handtuch um die Modelhüften, sondern stellte sich gleich so, wie Gott ihn aus Übermut oder um zu verdeutlichen, wie der perfekte Mann aussehen sollte, geschaffen hatte, vor den Spiegel und begann mit seinem allmorgendlichen heiligen Aufhübschungsritual. Als ob er das nötig hätte. Der sah sogar dann noch wie von der Kinoleinwand herabgestiegen aus, wenn er beim Scheißen saß! Ehrlich!

Das tat er jetzt zum Glück nicht, würde er auch nie vor mir tun.

»Hast du mich verstanden Leo? Keine Ausflüge mehr!« Durch den Spiegel taxierte er mich mit diesem bestimmten herrischen Blick.

»*Wie oft denn noch? Ich bin nicht taub ... Nur leider kannst du alles und jeden kontrollieren nur nicht mich. Wann verstehst du das endlich, Mr. Sir?*«, wollte ich antworten. Tat ich aber nicht. Nicht dieses Mal! Stattdessen nickte ich lediglich, klar verstand ich ihn – damit log ich ihn nicht mal an.

Über meine eigenen Gedanken schmunzelnd stieg ich auch aus der Nasszelle und schnappte mir die Handtücher vom Wärmer. Eins für meinen Körper, eins für meine Haare. So stellte ich mich neben ihn vor die Waschbecken und begann meine Zähne zu putzen. Er tat es mir gleich, dabei sahen wir uns die ganze Zeit über die Reflexion an. Er bohrte und bohrte und bohrte mit Blicken, roch natürlich, dass etwas nicht stimmte, während ich versuchte, besonders unschuldige, große Augen zu machen. Kein Wort durfte über meine Lippen gelangen. Sonst würde ich geradewegs rausposaunen, dass ich keineswegs vorhatte, auf ihn zu hören. Ich konnte einfach keine Geheimnisse für mich behalten, darin war ich SCHRECKLICH, und dann würde er mich ans Bett fesseln – so wahr er MAD hieß!

Deswegen grinste ich ihn über den Spiegel hinweg an, spuckte aus, wusch aus, ging auf die Knie und lenkte ihn vom Thema ab. Dabei schluckte ich angestrengt, anstatt zu spucken und verließ nach einem kleinen Abschiedskuss (auf beide Köpfe) auf schnellstem Wege das Bad.

Er ließ das Thema, arrogant und selbstüberzeugt wie nur er es sein konnte, auf sich beruhen und vertraute mir. Dabei hatte ich ihm nicht mal versprechen müssen, dass ich NICHT runterging. Später, wenn es rauskam, würde ich mich so verteidigen können. *Tja, Taktik ist alles, Mädels* ... dachte ich zumindest. Denn natürlich war mir klar, dass Lilly es nicht auf sich beruhen lassen und mich in die unteren Etagen schleifen würde.

Jetzt wusste ich ja noch nicht, dass ich mir genau einen Tag später denken würde: hätte ich nur auf ihn gehört. Aber na ja ... danach ist man ja bekanntlich immer schlauer.

***

Die vermummte, an der Säule lehnende Gestalt fiel mir sofort auf, sobald ich die überirdische, also die normale, Einkaufsmeile des Towers betrat, um so wie jeden Morgen für das Frühstück zu sorgen.

Der oder diejenige stellte sich auch bei seinem Versuch, unauffällig zu wirken, selten dämlich an. Erste Regel: Die Gedanken. Sie hätte denken müssen, *boah ist das cool hier an der Säule zu stehen, das tu ich jeden Morgen, habt ihr ein Problem damit*? Anstatt, *hoffentlich merkt keiner, dass ich hier total bescheuert an der Säule stehe* ... Wenn man VERSUCHT nicht aufzufallen, dann fällt man erst recht auf. Wenn man VERSUCHT lässig zu sein, ist man es nicht.

Kaffee und Croissants waren mein Ziel. Mad war nicht sehr abwechslungsreich, wenn es um sein Essen ging. Die Person trug einen langen hellbraunen Trenchcoat und ein schwarzes Cappy, welches sie sich tief ins Gesicht gezogen hatte und folgte mir (scheinbar) unauffällig in die kleine Bäckerei, in der ich von Evi schon freudestrahlend begrüßt wurde. So wie immer gehörte das Lächeln und die natürliche Freundlichkeit selbstverständlich zum Service.

Über die Reflexion in der Scheibe vor mir visierte ich den oder die Vermummte an und erkannte unter dem Cappy das Aufblitzen von mir allzu bekannten Augen. Sofort wirbelte ich herum und erschreckte damit meinen ganz persönlichen Stalker fast zu Tode.

»Lilly? Was soll das?«

»SSSSSSSSSSSSSSSSSSSSSSCHT!« Sofort zog sie mich am Ärmel in den hinteren Teil des kleinen rammelvollen Stehcafés. »Nicht so laut!« Hektisch sah sie sich nach allen Seiten um und zog ihren Kopf ein, wie eine Schildkröte, die sich in ihren Panzer verkriecht.

»Wieso?« Auch ich flüsterte verschwörerisch.

»Dean ...«

»Hat heute immer noch frei ...«

»Man weiß ja nie ...« Oh ne ... für dieses Thema hatte ich wirklich noch nicht genug Gehirnzellen geweckt!

»Ich hab noch nicht mal einen Schluck von meinem Kaffee getrunken, Lilly, bitte, kann das Thema Dean noch zehn Minuten warten?« Bereits als ich fragte, fürchtete ich zu wissen, wie ihre Antwort lauten würde.

»Nein! Es geht nicht um ihn! Du musst mir noch mal helfen, nach unten zu kommen.« Ich hasse es, wenn sich schlechte Vorahnungen bestätigen!

Müde verdrehte ich die Augen und entschied mich, die Kaffees gleich vor Ort zu milchen und zu zuckern und mir daraufhin gehörig den Mund zu verbrennen. Aber ohne Koffein ging es einfach nicht. »Wir hatten gestern einen tollen Abend und Spaß ... Das heißt aber nicht, dass wir jetzt jeden Tag feiern gehen ... übertreib nicht.«

»Ich will doch nicht wegen mir nach unten, sondern wegen Levis ...« Wie immer, wenn sie seinen Namen aussprach, strahlten ihre dunklen Augen.

Scheiße ... sie war so was von verschossen in den Kerl ... nur leider nicht nur in diesen einen, das würde ihr sicherlich noch zum Verhängnis werden ... Dreiergeschichten sind so schrecklich kompliziert, aufwühlend und emotionsgeladen ... Einfach anstrengend, aber auch total sexy! Aber jetzt hatten wir andere Probleme ... Noch.

»Du kannst ihm nicht helfen, ohne dich selbst in Gefahr zu bringen! Du kennst doch diese ganzen Filme!«, versuche ich sie von ihrem Vorhaben abzubringen, obwohl ich wusste, dass es nicht viel bringen würde.

»Das hier ist aber kein Film, sondern ein *Buch*! Und er würde das auch für mich tun! Außerdem habe ich einen Vorteil! Er gehört Vlad und Vlad kennt mich seit meiner Geburt! Er mag mich und würde mir niemals etwas tun!« Wenn ich an den russischen Russen mit dem Killerblick dachte, mit dem ich grauenvolle und leider sehr erregende fünf Minuten lang Sex gehabt hatte, bevor Mad eingeschritten war, glitt die Gänsehaut schon mal vorsorglich über meine Arme ... Andererseits hatte er den Body geschlossen und mich vor dem wütenden Mad abgeschirmt ...

»Hast du mir nicht selber gesagt, dass der Kerl überall seine Finger im Spiel hat? War da nicht was mit *richtig ÜBEL*?«

»Ich habe keine Wahl ...« Mit einem Mal wirkte sie niedergeschlagen und reichte mir einen zerknüllten Zettel.

Komm Lillian, las ich verschnörkelt geschrieben und runzelte die Augenbrauen.

»Levis war heute Morgen weg, aber der Zettel lag dafür neben mir auf dem Kopfkissen ...«

»Woher willst du wissen, von wem der ist?«

»Weil nur einer mich so nennt ... Vlad.« NA SUPER, so schnell sollte das gehen? Wieso hatte ich Dean gestern Nacht nur überredet, mit Letitia nach Hause zu gehen und seine Freizeit zu genießen?! Bei uns war augenscheinlich eingebrochen und etwas geklaut worden: LEVIS! Mit dem Guard wäre das nie geschehen! Ganz toll! Jetzt blieb mir wirklich keine Wahl. Gut, dass ich Mad schon mal vorbereitet hatte.

***

Es war Abend. Ich hatte mich den Tag über halb tot gefickt, in dem gelungenen Versuch, Mad nicht noch einmal auf das elendige Thema ‹Geh nicht da runter‹ kommen zu lassen. Dafür kam er auf ganz andere Dinge. Auf meinen Venushügel und die Fensterscheibe, aber letzteres war ein Fehlschuss.

Dies war der erste Tag, an dem ich froh war, Feierabend zu machen und für ein paar Stunden »von ihm entlassen« (wie er es gnädig nannte – der Arschloch-Sir) zu werden.

Zum Glück wohnte ich nicht mit Mad zusammen. So waren die kleine verliebte Kuh und ich eine Komplikation schon mal los, aber die andere machte uns einen Strich durch die Rechnung. Denn obwohl Dean heute auch freihatte, verbrachte er den Abend (nachdem ich ihm gebeichtet hatte, was mit Levis geschehen war) zu Hause auf der Couch, also in unmittelbarer Nähe. Das einzige Anzeichen dafür, dass er so etwas wie seinen freien Tag genoss, war, dass er den Fernseher und nicht MAD 2 anstarrte.

Wir beratschlagten flüsternd im Bad, wie wir bewerkstelligen konnten, dass er uns nicht unauffällig folgte und uns davon abhielt, nach unten in die absolut verbotene, böse, Mösen-Etage zu gelangen, wie sie Lilly liebevoll nannte.

Der Trick war im Endeffekt ganz einfach: Jeder Mann will ein Ritter sein, das wurde Dean Monroe zum Verhängnis.

Es benötigte nur einen Schrei von Lilly »EINE SPINNE!« aus ihrem Schlafzimmer und er stürmte los, um die holde Maid vor dem widerlichen Insekt zu bewahren, schlug ein Rad über die Couchlehne und einen Salto direkt in ihren Raum ... Ja okay, das machte er nicht, aber es wäre lustig gewesen!

Kurz darauf kam sie herausgestürmt und drehte den Schlüssel hinter sich um.

»Wir sind in zwei Stunden wieder da! *Hoffe ich*!«, rief sie noch durch das Holz, dann packte sie meine Hand mit schwitzigen Fingern und zerrte mich in den Aufzug. Der erste wändeerschütternde Knall kam, als wir uns in Bewegung setzten und die Türen sich lautlos schlossen.

Zum Glück würde er das mit ihr ausmachen! *Hoffte ich*!

***

NACHDEM ich meine Karte vor den Scanner gehalten und mich damit als volljährig verifiziert hatte, rückte Lilly – das neue, blonde Biest!!! mit der Sprache raus und meine Laune sank genauso wie die

Stockzahlen. »Also das ist die unterste sexte Etage, in die wir jetzt fahren. Ich habe gehört, dort geht man nur freiwillig hin, wenn man einen Todeswunsch verspürt ... Ich dachte, es wäre cool, wenn du das wüsstest.«

»Was?«

»Das sagen doch nur die Leute, und du weißt die Leute reden viel, wissen aber eigentlich nichts.« Sie umfasste meinen Arm und versuchte sich einzuschmeicheln oder aber sich selbst zu beruhigen, indem sie ihre Wange an meiner Schulter rieb. »Er wird uns nichts tun, da bin ich mir ganz sicher ...«

»Wieso zum Teufel haben wir Dean eigentlich nicht mitgenommen?«

»Weil er uns nie hier runter gelassen hätte!«

»Stimmt auch wieder ...« Jetzt war es sowieso schon zu spät, denn eine grobe Stimme hallte durch den engen Raum und ließ uns zusammenfahren.

»Die Leute haben recht«, hallte es von irgendwoher. »Hier kommt man nur runter, wenn man nicht wieder rauf möchte ... Was wollt ihr?«

Lilly straffte sich. »Wir wollen zu Vlad!« Zielsicher sah sie in die Kamera.

Ein teuflisches Lachen erfüllte den Aufzug, dann kam er mit einem Ruck zum Stehen und die Türen glitten auf.

8. Lilly

Zwei Gorillas, die ihn immer und überall begleiteten, empfingen uns am Anfang eines langen dunklen Flures. Sie waren professionell, weshalb ihre Augen nicht funkelten, sobald sie mein scharfes Röckchen und Leos knappe Lederhotpants anvisierten.

»Folgen«, befahlen sie tonlos, drehten sich auch schon um und gingen selbstsicher voraus. Als würde von uns keine Gefahr ausgehen, ha!

»Jetzt haben die auch die Krankheit ...«, murmelte meine beste Freundin mit den rosa Haaren, während wir dem Befehl nachkamen.

»Was?«, fragte ich verwirrt.

»Später.«

Wir kamen am Ende des Flurs vor einer Glastür an, hinter der sich ein gemütlich eingerichtetes Arbeitszimmer befand.

Im Kamin loderte Feuer, Ledercouchen standen im geschmackvoll eingerichteten Ambiente herum, genauso wie die Gorillas in jeder Ecke – sollten wohl auch Deko sein oder so. Um einen massiven Schreibtisch befanden sich drei von den typischen Anzugmördern. Einer davon grinste schief.

»Wag es nicht!«, zischte Leo, sobald sie sich in Bewegung setzten. Ich währenddessen suchte blickmäßig den mir bekannten Anzugträger, fand ihn aber nicht.

Sie lachten über meine Freundin und ließen sich nicht aufhalten.

Instinktiv wichen wir zurück.

»Fasst sie nicht an«, hallte eine mir allzu bekannte, tiefe Stimme durch den Raum und ich stieß den angehaltenen Atem wieder aus.

Vladimir Romanov. Lässig trat er aus der Dunkelheit zu uns ins Licht, offenbarte seinen großen Körper in dem maßgeschneiderten pechschwarzen Anzug, die Narben an Schläfe und Lippe und das dunkelblonde, penibel kurz geschnittene Haar. Seine Züge waren markant, alles an ihm strahlte Zähigkeit aus, während er eine Hand locker in seine Tasche steckte und den Kopf schief legte. Sein Blick war so stechend, das hatte ich noch nie an einem anderen Mann erlebt ... und brachte mich immer ein paar Sekunden zum Erstarren, wie die Maus in der Falle. Dann ließ er mich visuell los und nickte seinen Männern zu. Zwei davon ergriffen Leo an den dünnen Oberarmen.

WAS?, dachte ich, da hatte einer auch schon eine gebrochene Nase und der andere ihr Knie zwischen den Beinen. Oh mein Gott! Ich hatte eine Frau noch niemals so schnell zwei sicherlich bewaffnete Muskelprotze zusammenfalten sehen! Und das nur durch reinen Willen und absoluten Wahnsinn. Ich war beeindruckt.

»WOW! ...«, murmelte ich, als sie sich die nächstbeste Vase von irgendeinem Tisch schnappte und sie schützend vor sich hielt. »Keiner betatscht mich, Pisser!« Taten sie doch – und dieses Mal waren sie zu fünft.

»Nicht ein gekrümmter Nagel!«, meinte Vlad tonlos zu ihnen, als sie versuchten, die wild kreischende und um sich schlagende Leo zu bändigen. Oh Scheiße ... Unverhofft waren seine Lippen an meinem Ohr, die Stimme tief, weich und trotz des unpersönlichen Klangs intim. »Sei brav, dann geschieht ihr nichts.«

Sie brachten Leo in einen komplett verglasten Nebenraum und befestigten sie dort mit Handschellen an einem Stuhl. Am Schluß standen nur noch zwei Gorillas ... Alle anderen lagen sich krümmend und keuchend am Boden rum.

Für mich ging alles so schnell, dass ich es kaum erfassen konnte. Vlad trat um seinen Schreibtisch herum und schmunzelte, was noch kälter wirkte, als wenn er es nicht tat. »RAUS!«, befahl er seinen Männern, ohne mich auch nur einmal aus den Augen zu lassen. Ich rieb mir den Arm, an dem er mich fast berührt hatte, er kribbelte.

Entspannt setzte er sich, lehnte sich zurück und verschränkte die Hände hinter dem Kopf. Seine grünen Augen funkelten spöttisch. »Hat dir dein Bruder nicht beigebracht, dich von mir und den unteren Etagen fernzuhalten?«

Mein Körper fing an zu beben. »Vor allem du hast das immer gesagt, jetzt weiß ich wieso! Wenn sie Leo auch nur ein Haar krümmen ...«

»Was dann? Beschmeißt du mich mit Lockenwicklern?«, unterbrach er mich unbeeindruckt. Einen Kommentar verkniff ich mir.

Er zündete sich eine Zigarre an. »Also. Was willst du in Etage Sex?«

»Das weißt du ganz genau.«

»Ach?« Gespielt verwirrt hob er die markanten Augenbrauen und schloss seine Lippen um das Rauchding.

»Wo ist Levis?«, platzte es aus mir heraus, meine Fäuste ballten sich, sogar Tränen traten mir in die Augen. »Wieso musstest du gerade ihn für deine kranke kleine Scheiße haben? Wieso nicht irgendeinen anderen Kerl! Einen der keine Chancen im Leben hatte!« *Jemanden, in den ich nicht verliebt bin*!

Sein Blick wurde immer düsterer, zeitgleich mit meiner Stimme, am Schluss war sie nichts weiter als ein Wispern.

»Es tut mir leid, deine Illusionen zu zerstören, aber dein Traummann ist auch dein größter Albtraum.«

»Was?« Wie meinte er das denn?

»Markus Foster ist zwar ein verrückter kleiner Snob, aber nicht derjenige, der dich zwang dein Leben hinter dir zu lassen.«

»Woher weißt du von ...?« Ich winkte ab. Das war Vlad und Vlad wusste von scheinbar allem. Wie auch immer, was er versuchte mir weiszumachen, war eine Fehlinformation! »Levis ist nicht der verfurzte Stalker!«

»Oh Lillian, deine Ausdrucksweise war auch schon einmal besser.«

ICH HASSTE DAS! Nur er und mein Papa hatten mich immer so genannt. Aber zu dem alten Price pflegte ich keinen Kontakt mehr, seitdem ich mit Mama in das Lager der Konkurrenz Meyer übergewechselt war, weil sie sich in Senior Meyer verliebt hatte. Somit schmerzte es unsagbar, wenn mich etwas an Papa erinnerte.

»Du glaubst doch wohl nicht, dass Levis sich selbst die Bremsschläuche durchtrennt und sich somit ins Krankenhaus gebracht hat!«

»Du bist so herrlich naiv.«

»Und du bist ekelhaft skrupellos.«

»Stimmt beides ... Also ... verstehe ich richtig. Du willst deinen kleinen Traumprinzen, der dich schon dein ganzes Leben lang blendet, aus meinen dunklen, bösartigen Klauen befreien, und lass mich raten: Du würdest alles für ihn tun?«

»Ja.« Was brachte es, um den heißen Brei herumzureden? Levis musste hier raus. In Vlads Schuld zu stehen oder ihm gar zu gehören ... glich einem Todesurteil, welches früher oder später vollstreckt werden würde.

»Sehr gut.« Nun stand er auf und ging zu seiner Bar, wo er sich etwas Hochprozentiges einschenkte. Mir bot er Almdudler an.

»Limo?«

»Ich mag keine österreichische Berglimonade!« Stattdessen stand ich auf, um das Hochprozentige zu nehmen, doch er schlug mir auf die Finger wie einem aufsässigen Kind, das vom Geburtstagskuchen naschen will. Ich riss die Hand zurück, als hätte ich mich verbrannt, weil das auch der Fall war, und drückte sie an meine Brust, als wäre sie schwer verletzt. Klein und schutzlos stand ich vor diesem mächtigen, großen Mann, mit dem ich niemals mithalten konnte, dem ich scheinbar nichts entgegen zu setzen hatte ... und dennoch ...

»Was willst du von mir, Vlad?«

Er sah einige Sekunden einfach nur auf mich herab. Die verschiedensten Gefühle rieselten tief verborgen durch seine Augen. Dann grinste er – schief, böse, fies – und mein Herz blieb eine Sekunde stehen.

»Dich.«

»MICH?«

Sein intensiver Blick ließ mich verstummen und stattdessen angestrengt schlucken. Er grinste auf diese schreckliche Art, bei der er nur den Mundwinkel hochzog.

»Ich will einen Gefallen. Der Zeitpunkt bleibt mir überlassen, die Art des Dienstes auch. Was auch immer es ist: Ich werde dich nicht verletzen ... Darauf gebe ich dir mein Ehrenwort.« Sein behandschuhter Finger strich ziemlich bedrohlich über meine heftig pochende Halsschlagader, seine Stimme wurde leiser – einschmeichelnder ... »Gib mir dein Wort, dann gehört er wieder dir. Voll und ganz.«

In seinen Augen funkelte etwas, das mir sagte: *LAUF, dreh dich um und lauf*! *Vergiss Levis*! *Vergiss Dean*! *Vergiss den Tower*! *Bring dich in Sicherheit* ... doch ich würde mit Levis niemals das haben, was ich mir all die Jahre heimlich ausgemalt hatte und wofür ich jetzt den Mut besaß, es wahr zu machen, wenn ich nicht auf Vlads Angebot einging.

Und genau aus diesem Grund presste ich die Lippen zusammen und nickte.

»Okay ...«

Und nun tat er etwas, was er noch nie vor meinen Augen getan hatte. Langsam, Finger für Finger, zog er sich den schwarzen Lederhandschuh aus, wobei ich keuchen musste, denn seine Hände waren von Narben übersät ... Er hielt mir lässig seine Rechte hin.

Ich sah hoch in seine eisigen, grünen Augen, wusste, dass ich gerade mit dem Teufel einen Pakt schloss, um meinen persönlichen Gott zu retten und ... schlug ein, wobei es mich gleichzeitig heiß und kalt durchfuhr.

9. Lilly

Was sollte ich Leo erzählen? Sollte ich ihr tatsächlich weismachen: *Also, ich muss nur irgendwann kurz hier runter kommen, um dem üblen, üblen absolut übelsten Serienmörder/Zuhälter/Drogenbaron/Ölbaron/besten Freund meines Bruders/Sonst was einen Gefallen zu erfüllen. Und dann hab ich meinen besten Freund und gleichzeitig den Mann, der mein Leben ist, zurück? Dann werden wir alle glücklich und haben unser Happy End*!

Ja. Das musste ich. Es war meine Entscheidung und nicht ihre und ganz ehrlich ... es hätte schlimmer kommen können. Vlad hätte mich sofort zu seinen Escortgirls stecken können. Er hätte sagen können: Ich will deinen Tod, dein Blut, dein Herz – all das hätte er gekriegt. Was war dagegen ein einziger Gefallen?

Das redete ich mir ein, während ich mit Furien-Leo nach oben fuhr. Sie war SO sauer, dass sie am ganzen Körper bebte, aber sie versuchte, es sich nicht anmerken zu lassen, was kläglich misslang. Zum Glück hatte sie durch die Scheibe gesehen, dass wir nur geredet hatten, sonst wäre sie wahrscheinlich aus der Haut gefahren und hätte Vlad sofort irgendwie umgebracht. Wie sie ihn danach zur Sau gemacht hatte, war schon ziemlich eindrucksvoll gewesen. Von niemandem sonst ließ er sich solche fantasievollen Ausdrücke gefallen, die sie sich in ihrer Wut ausgedacht hatte.

Doch Leo schien er irgendwie zu mögen, denn er zuckte nicht mal mit der Wimper und ließ sie unbeschadet wieder gehen. Als sie mit der verbalen Kastration fertig war, fragte er sie sogar noch neckisch, ob sie das Begonnene nicht beenden wollten, wofür er einen angepissten Stinkefinger kassierte und lachte.

Sie schob mich in unser Apartment und marschierte dann davon, sicherlich schnurstracks zu meinem Bruder. Ich wollte nicht wissen, was sie mit ihm anstellte, um ihre Wut auszulassen.

***

Danach musste ich mich einem ganz anderem wütenden Kerl stellen. Mein Bodyguard würde Antworten fordern, wieso ich ihn eingesperrt hatte, wo ich gewesen war, mit wem ich gesprochen, wen ich angesehen, was ich vorhatte.

Die letzte halbe Stunde hatte ich einen Kloß in meinem Hals, der jeden Moment zu platzen drohte. Ja, ich versuchte mir einzureden, dass das alles gar nicht so schlimm war. Aber in Wahrheit war es ein Albtraum und ich konnte nichts tun, um dem zu entkommen, ohne feige zu sein und Levis im Stich zu lassen. Tatsache war: ich hatte Angst. So sehr.

Das Apartment war leer, als ich es betrat und deswegen stockten meine Schritte ... Ich hatte erwartet Dean Monroe würde wenigstens auf mich warten und einfach ... *da sein* – so wie immer. Er war es nicht. Das

Wohnzimmer ein verlassener Ort, nur das bläuliche Leuchten der Großstadt vor den bodentiefen Fenstern erhellte die Szenerie. Es war trostlos.

Das passte ja perfekt.

Schnurstracks zog ich meine Schuhe aus, barg eine Flasche Hugo aus dem Kühlschrank und verzog mich damit auf die Couch. Dort rollte ich mich ein, nahm direkt einen Schluck daraus und ließ es zu ...

Die erste Träne löste sich zeitgleich mit einem Schluchzen.

Das war so nicht geplant gewesen. Das war alles so verwirrend. Ein ganz normales Leben wollte ich führen, ohne irgendwelche Stalker, ohne Familienprobleme, ohne Männer, die ich nicht haben konnte, und gemeingefährliche Russen. Ich wollte wissen, wo ich stand und wem ich trauen konnte! Vlad meinte, Levis sei mein Stalker ... Keine einzige Sekunde glaubte ich ihm! Doch das war noch nicht alles. Vlad, den ich kannte, seitdem ich in die Windeln gefurzt hatte, weil unsere Familien immer engen Kontakt gepflegt hatten und Vlad ständig mit Maddy abgehangen war, erpresste mich. Wie irre war *das* erst! Noch irrer als alles andere und hier im Tower gingen ja echt die irrsten Sachen ab!

Weitere Tränen lösten sich, Schluchzer folgten auf dem Fuße, sie rüttelten an meiner Brust, bis es schmerzte.

Ich wollte das nicht, das alles ...

Mein bester Freund und Mann, den ich immer bewundert und geliebt hatte, war jetzt meinetwegen eine Hure!

Ich hatte keine Ahnung, was davon am schlimmsten war. Was mich immer mehr fertigmachte, was mich lauter weinen ließ.

***

Als ich die komplette Flasche bereits geleert und mindestens genauso viel Flüssigkeit geweint hatte, stürmte Dean Monroe, zerzaust in Daheimjogginghose und nichts weiter als einem engen Muskelshirt und vielen Tattoos, den Raum und blieb wie angewurzelt stehen.

Seine Brust hob und senkte sich heftig, die dunklen Augen strahlten unnatürlich blau durch die gleichfarbigen Lichter, die von außen in das riesige Wohnzimmer drangen. Sein Blick war so intensiv, dass mir der neueste Jammerlaut im Hals steckenblieb. Irgendwas regte sich in meinem Bauch, kribbelte immer intensiver ... je länger irgendjemand auf der Fernbedienung für diese Serie **Pause** gedrückt hielt.

Ich sah ihm an, dass er eigentlich sauer war, dass er mich in der Luft zerfetzen wollte. Wahrscheinlich hatte er den ganzen Abend mit der Suche nach mir zugebracht und war wahnsinnig geworden, weil er mich nicht gefunden hatte – schon wieder. Das natürlich nur wegen seines Jobs. Ich war nichts weiter als ein Job für Dean Monroe.

Weshalb stach diese Vorstellung so unangenehm?

In dem Moment drückte dieser unbekannte Sadist mit der Fernbedienung **Play,** als wäre dieser Gedanke der Beginn eines neuen Abschnitts in dieser Geschichte, der alles interessanter machen würde.

»WO WARST DU?« Er bekam die Worte kaum zwischen den Zähnen raus und ich hatte keine Ahnung, was ich sagen und keinen Plan, was ich tun sollte ... Mein Gehirn war total leer gefegt. In meinem angeknacksten Zustand machte es mich nur noch fertiger, dass er mich so anfuhr. Das hatte er noch nie getan. Seine brutale Anrede brachte mich dazu, erst richtig loszuheulen ... Bebend schlug ich die Hände vors Gesicht. Das war so peinlich!

Ein paar Sekunden hörte man nichts weiter als mein Schluchzen, dann senkte sich die Couch neben mir. Zwischen den Fingern spähte ich zu ihm rüber und der Atem stockte erneut in meiner Kehle, weil er mich mit einem wieder mal neuen Blick ansah ... War es etwa ... *Zuneigung*?

»Was ist los, Lilly?« Seine Stimme war nicht mehr so hart, eher weich und voll.

OH NEIN! Bitte nicht auch noch *Mitleid*!

Als ein weiterer Schwall Wasser über mein Gesicht lief, schüttelte ich nur den Kopf. Ich konnte es ihm nicht sagen! Er würde mich niemals lassen! Er würde ALLES tun, um mich aufzuhalten und ich wollte es! GOTT, wie sehr ich es wollte! Ich wollte mich an seine breite, mich immer schützende Brust schmeißen und sagen *RETTE MICH*! *Zieh mich aus der Scheiße raus*! *BITTE*! *Pass auf mich auf*! *Sei mein Held*!

Oh ja, in dieser Geschichte fehlte eindeutig noch der Held und Dean konnte das werden. Der Einfall erschreckte mich zutiefst. Richtig übel wurde es aber erst, als ich seine Finger an meinen fühlte.

Mein Bodyguard berührte mich sonst NIE, aber er saß auch nicht mitten in der Nacht mit mir in unserem Wohnzimmer und nannte mich LILLY.

Als er jegliche Barrikaden herabzog, presste ich stattdessen die Lider zusammen. Ich konnte ihn auf keinen Fall auch noch ansehen, wenn er mir schon so nahe war! Mein Herz schlug sowieso viel zu schnell, nur, weil ich seine Haut an meiner fühlte.

Ich dachte, er würde mich weiter drängen, aber das tat er nicht. Er verwunderte mich noch einmal, denn er hielt meine winzigen Hände lediglich in seinen großen und sein DAUMEN, oh sein DAUMEN, der fing an, über meine Fingerknöchel zu gleiten.

Das riss mich aus allem raus. Aus wirklich allem! Dean Monroe streichelte mich!

Nun hatte ich mit akuter Atemnot zu kämpfen, meine Augen flogen auf und ich sah ihn schockiert an. Seine brannten so stark wie noch nie. Sie waren tief und verlangend, dunkel und ... *eindeutig.*

Das stellte meine ganze Welt auf den Kopf. Jemand drückte auf **das bisher Gewusste löschen** und überspulte es mit einer neuen Erkenntnis. Das war nicht einfach nur ein Blickflick. Das war, *Wenn du mich lässt, tu ich alles für dich, merkst du nicht, dass du der Mittelpunkt meiner Welt geworden bist und das* ***nicht*** *wegen der Arbeit? Ich will dich, will dich mit allem und mit nichts. Ich nehme alles, was du mir gibst und beschütze, was du für dich behalten willst. Ich habe versucht, mich dagegen zu wehren, aber wenn du es willst, dann werde ich aufgeben … für dich, für* ***uns.***

Gänsehaut schoss über meinen Körper, das war UNGLAUBLICH! So etwas hatte ich noch nie empfunden. So ein Chaos, durch eine winzig kleine Erkenntnis ausgelöst. Es war ein Rausch der Gefühle.

Unsere Knie berührten sich mit einem Mal, er sah einmal kurz nach unten, dann schoss sein gequälter Blick wieder hoch. Er biss die Zähne zusammen und hob dann unsere Hände an, schmiegte seine Wange in meine Handfläche.

OH GOTT! DEAN MONROE LEGTE MEINE HAND AN SEINE VERDAMMT HEISSE VERDAMMT MÄNNLICHE VERDAMMT VERDAMMTE WANGE!

Wieso merkte ich erst jetzt, dass es so aufregend war, ihn anzufassen? Dass alles in mir anfing, zu pulsieren und zu leuchten und zu tanzen ...

»Oh Gott ...«, entkam es zitternd meinen Lippen, als er ergeben die Lider schloss und tief durch die Nase durchatmete. So etwas hatte ich noch nie empfunden. Nicht mit irgendwelchen Kerlen, sogar nicht mit Levis. WAS WAR DAS?

Meine Finger machten sich selbstständig, fasziniert glitten sie über seine Haut, die Schläfe und in seine dichten Haare ... Alles kribbelte, und intensivierte sich, aber richtig schlimm wurde es als er leise stöhnte. Tief und heiser, in mir zog sich alles zusammen, besonders als er die Augen wieder öffnete und sich darin etwas verändert hatte. Er war entschlossen, als er sprach.

»Tanz mit mir!«

»OH MEIN GOTT!«

»Lilly, tanz mit mir!« Als hätte ihn diese Idee völlig beflügelt, zog er mich mitten in dem dunklen, nur von der Skyline erleuchteten Wohnzimmer auf die Beine und direkt an seine Brust. Während er mal wieder nichts als Schwarz trug, waren mein Rock und mein Oberteil weiß – zwei Gegensätze und doch schienen wir perfekt zusammen zu passen. Wir hätten unterschiedlicher nicht aussehen können. Er schwarz und dunkel, ich rein und hell.

Beide Hände hielt er vor seiner Brust fest und sah auf mich herab, als wäre dies alles, was er jemals gewollt hatte. Überrumpelt hing ich in seinen Armen, fühlte seinen großen, starken Körper mit jeder kribbelnden Faser.

Er lächelte, wunderschön ... und so wie ich es wirklich, wirklich, wirklich noch nie gesehen hatte. Sein Lächeln ging tief. »Bitte ...«

Und dann nahm er mich richtig, eine Hand in seine starke, die andere um meine Hüfte und schwang mich herum, ließ mich fliegen ...

Mein Körper folgte automatisch.

Und – oh Gott, der Mann konnte tanzen! Ich meine so richtig, professionell!

Er führte mich, als wäre ich ein Teil von ihm, als hätten wir schon immer miteinander getanzt. Ich hatte bisher noch nie Sex, aber eines war mir dennoch klar: Dies war besser als jeder Sex.

Wir flogen an den Sofas vorbei, wirbelten um die Esstafel, niemals ließ er mich straucheln oder stolpern und ich wusste, das war einfach seine Art jemanden zu führen. Er ließ nicht zu, dass mir etwas geschah.

Egal ob jetzt oder irgendwann.

Vor der riesigen Glasfront angekommen zog er mich an sich, ließ meinen Oberkörper zurückfallen und seine Lippen über meine Kehle gleiten. Langsam ... schob er seine Hand mit gespreizten Fingern an meinem Bein hoch ... und schlang es sich dann um die Hüfte. Da merkte ich, dass ihn der Tanz nicht kalt ließ. Eindeutig zuckte es in seiner Hose, als ich keuchte und mein Becken etwas bewegte. Sofort durchschoss mich unbändige Hitze! Das brachte mich überraschenderweise zum Stöhnen.

Es war überwältigend, was dieses eine Zeichen seiner Lust in mir auslöste, wie eine Kettenreaktion und unaufhaltbar. Die Leidenschaft nahm zu, genauso wie das unerträgliche Knistern in der Luft.

Ruckartig zog er mich wieder nach oben, fest und bestimmt – konsumierte mich mit seinem Blick, saugte mich auf. Seine Hand vergrub sich in meinen Haaren, die andere hielt mein Knie immer noch und dann bewegte *er seine* Hüfte ziemlich sicher ... ließ mich seine Lust bewusst spüren, brachte mich noch einmal zum Stöhnen.

Peinlich berührt, aber mittlerweile überschwemmt kniff ich die Augen zusammen, war ihm völlig ausgeliefert, wie eine Marionette ...

Eine einzige Hüftbewegung von meinem Partner hatte mich noch nie so dermaßen erregt. Ich wusste gar nicht, dass dies möglich war. Aber Dean Monroe würde mir noch sehr viele Sachen zeigen, von denen ich nicht den Hauch einer Ahnung hatte ...

Und ich wollte es, wollte *ihn*! OH MEIN GOTT! Wie konnte ich nur?

Die inneren Proteste ignorierend, krallte ich die Fingernägel schmerzhaft in seine Haut, das winzige Röckchen rutschte an meinem Schenkel hoch, als ich meinen Mut zusammennahm, mich zurückrieb und seine gesamte Länge spürte. Jetzt war es an ihm, das belegte Keuchen zu unterdrücken, doch eine andere Antwort erfolgte scheinbar instinktiv.

Mit einem Mal fühlte ich das kühle, unnachgiebige Glas in meinem Rücken. Seine Hand stützte er neben mir an der Scheibe ab, sein Gesicht vergrub er keuchend an meinem Hals, als er sich nun komplett mit seinem riesigen, harten Körper an mich schmiegte.

»Halt mich auf!«, wisperte er heiser an meinem Nacken.

»Ich kann nicht!«, jammerte ich hilflos und krallte mich an ihm fest.

Er atmete bebend ein ... wollte sich vielleicht noch stoppen, aber wir hatten keine Chance. Unsere Leidenschaft war eine unterdrückte Naturgewalt, die über uns hereinbrach und nicht gezügelt werden konnte.

Unsere Körper tanzten auf eine erleuchtende Art, die mich WIRKLICH fliegen ließ ... Immer weiter und weiter hoch ... Immer wilder, immer leidenschaftlicher ...

Die Hand an meinem Knie krallte sich in meine Haut, seine Bewegungen blieben trotzdem geschmeidig. Mein dünnes Höschen war mittlerweile triefend nass ... Der sonst so kontrollierte, eiskalte Dean Monroe ließ dem Verlangen freien Lauf, überrannte mich mit ihm, ließ mich auf der Welle reiten ... hielt mich dort oben, bis ich ahnte, ich musste eintauchen oder sterben ...

»SCHEISSE!« Der Ausruf ließ ihn auf der Stelle erfrieren und mich verzweifelt nach Luft japsen. Ich musste, er musste, ich brauchte ... das *ging* so nicht!

Doch gleichzeitig flog mein Kopf herum und ich sah LEVIS im Türrahmen stehen. Wunderschön und mit tödlich verengten Augen.

MIST! MIST! MIST!

NEIN! NEIN! NEIN!

Mein Magen, der bis soeben noch in den Wolken schwebte, schlug wieder in meinem Bauch ein, so fest, dass ich mich fast krümmte.

Im nächsten Moment war Levis schon bei uns. Dean konnte sich gerade noch von mir trennen, da bekam er schon einen mächtigen Kinnhaken verpasst!

Ich schrie und schlug die Hände an die Wangen, als Dean nach hinten taumelte, unter dem nächsten Schlag wegrutschte und seine Faust in Levis Niere rammte. Der knickte ein, stolperte nach hinten über die Couchlehne und Dean folgte auf dem Fuße. Levis kassierte einen wunderbaren Aufwärtshaken, doch dann bekam Dean auch was ab ... Der Wohnzimmertisch wurde umgeworfen, sie stolperten über das andere Sofa und in Richtung Küche. Die erlesene chinesische Vase, die Leo so liebte, landete klirrend auf dem Boden. Ich folgte den beiden, als sie sich aus meinem Sichtfeld boxten, verwundert, dass Levis überhaupt noch stand, doch der reine Mut der Verzweiflung hielt ihn wohl noch auf den Beinen.

Als ich in der Küche ankam, wurde Levis Gesicht gerade gegen den Kühlschrank gehämmert.

»STOOOOOOOOOOOOPP!«, rief ich und Dean hielt sichtlich verdutzt inne. Dean hatte Levis gesichert – zum Glück! Das Funkeln in Levis Augen hätte tödlicher nicht ausfallen können, als ich schreiend zu ihnen stürmte.

»Was willst du mit dem alten Sack, Lil ... er ist ...« Levis Knurren endete in einem Ächzen.

»TU IHM NICHT WEH!« Ich versuchte Dean von Levis loszumachen und zerrte wie eine Verrückte an seinem Bizeps. »Bitte brich ihm nicht den Arm!« Ich war betrunken und verwirrt, außerdem drehte sich mein Kopf immer noch von dem Wahnsinnstanz und dem, was Dean danach an der Scheibe mit mir angestellt hatte ... Letzterer funkelte mich genauso wütend an, wie Levis und bewegte sich nicht. Levis grunzte noch ein bisschen und spuckte einen Schwall Blut auf den Boden. »JA, komm ... brich mir den Arm, Pisser! Trotzdem will sie m... *URGH*!«

»DEAN!« Im nächsten Moment hatten sich meine Finger selbstständig gemacht und Deans Waffe aus seinem Holster gezogen. Beidhändig richtete ich sie auf ihn.

Beide Männer erstarrten. Dean presste die Lippen aufeinander, Levis holte keuchend Luft und riss seine Augen schockiert auf.

»Scheiße Lil! LEG DIE WEG!«

Mit zitternden Fingern zielte ich auf meinen eigenen Bodyguard ... also den Mann, der mich so schrecklich durcheinanderbrachte ... »Ich habe gesagt, du sollst ihn loslassen, verfurzte Scheiße, wieso hört ihr

Kerle nie auf mich?« Tränen liefen über, an meinen Wangen herab, tropften von meinem Kinn auf den Boden und vermischten sich dort mit Levis' Blut. »Ich habe dir gesagt, du sollst mich in Ruhe lassen, ich habe gesagt, ich will nicht mit dir reden! Ich wollte das alles nie!«, zischte ich Dean zu, der sich von Levis löste, als würde ich nicht auf ihn zielen und presste angepisst den Kiefer aufeinander.

»Es wird nicht wieder vorkommen, keine Sorge. Gib mir Berta.«

»BERTA?«, lachte Levis, wurde jedoch von einem meiner Blicke abgestochen, woraufhin er sein Lachen mit einem Husten tarnte. Ja, mein Gott, so hieß seine Knarre eben, und?

In dem Moment kam Leo rein und erwischte mich dabei, wie ich meinen eigenen Bodyguard mit seiner eigenen Waffe bedrohte ...

10. Das vergessene Kapitel – Dean

Ich war mehr als nur angepisst von meiner kleinen Klientin, Miss Superschlau-ich-schleiche-mich-mal-von-meinem-Bodyguard-davon-obwohl-ich-in-Lebensgefahr-schwebe. Wenn dieses kleine, verwöhnte Biest wenigstens angedeutet hätte, dass sie eine Minute für sich braucht, hätte ich mich dezent, aber in Reichweite, zurückgehalten. Aber nein … *Egal. Wut runterschlucken, Dean.*

Dass ich erst die übelsten Leute darüber ausquetschen musste, wo Lilly sein könnte und somit mein Versagen kundtun musste, war sozusagen der jämmerliche Höhepunkt eines super-abgefuckten Tages, den man unter der Kategorie ‹bitte streichen› ablegen könnte.

Wieso zum Kuckuck machte ich dieses Katz-und-Maus-Spiel überhaupt mit? Mit meinem guten Ruf hätte ich viel einfachere, besser bezahltere Jobs annehmen können. Aber irgendwas an diesem Mädchen berührte mich. Nein, es war nicht nur die Dauer-Wut, die es in mir entfachte. Es war auch Begehren – hallo, ich war zwar ihr Bodyguard und sollte solche Gedanken nicht haben, aber eben auch nur ein Mann. Einer, der sehr gut sehen konnte. Sie war so klein, so zart … Ich hatte in meinem bisherigen Leben noch nie eine Frau getroffen, die so feenhaft anmutete, obwohl sie offensichtlich mit ihrem fragwürdigen Teeangergehabe das genaue Gegenteil bezwecken wollte, und die so beschützenswert war.

Jackpott, ding-ding!!! Genau deshalb, Arschloch, musst du dir die negativen Aspekte dieses Mädchens immer wieder vor Augen führen, schrie ich mich selbst innerlich an. Sie mochte zwar vor dem Gesetz fast volljährig sein, aber ihr Verhalten kam ihrem tatsächlichen Alter, nämlich zarten siebzehn, gleich. Sie war im Gegensatz zu mir mit meinen 29, fast 30 Jahren noch ein halbes Kind!

Das hatte ich mir die letzten Wochen tagtäglich eingetrichtert ... nur, um ihr letztendlich doch zu erliegen ...

***

Nur ein einziges Mal nicht die Distanz wahren, nicht die selbst auferlegten Regeln befolgen, und mich neben sie setzen, ihre Hand nehmen, ihre Haut fühlen, ausprobieren, wie es war, wenn sie einen berührte und schließlich das Wichtigste: NUR EINMAL MIT IHR TANZEN.

Wissen, ob sie sich genauso geschmeidig bewegte, wie in meiner Fantasie, ob wir genauso perfekt harmonieren würden – wie füreinander geschaffen.

Das taten wir.

Sobald ich sie in den Armen hielt, überließ sie mir automatisch die Kontrolle. Und es war so leicht, sie zu führen – wie angeboren.

Als strömte es durch meine Adern, diese Frau, denn in dem Moment glich NICHTS mehr einem Mädchen, zu leiten. Sie folgte so willig, aber auch so ... *verführerisch*. Wie ihre Hüften sich verlangend an mir rieben, wie sie ihr Bein hob und es provozierend an meinem Schenkel hochschob. Das neugierige Glühen in ihren Augen, diese stumme Forderung nach mehr, obwohl sie nicht wusste, was dieses *mehr* genau war ...

Als sie mich beim Tanzen voller ungezügeltem Begehren ansah und nicht ahnte, was sie damit in mir auslöste, weil sie so schrecklich unschuldig war, passierte es. Es überrannte mich. Das Gefühl ihrer Nähe, war alles, was noch zählte und dennoch nicht genug.

Sie war schöner als erlaubt, bezaubernd, weich, anschmiegsam und ich völlig verloren.

Sie hatte kurz gesagt Glück, dass ich sie an diesem Abend nicht an dieser verdammten Fensterscheibe fickte!

Zu verdanken hatte sie dies ihrem ›guten alten Freund‹, der ihr an die Wäsche wollte. Dieser Gedanke ließ mich zum zweiten Mal an einem Tag die Kontrolle verlieren.

Er war hart im Nehmen, aber er hatte nicht jahrelange Trainings-Folter durchgestanden.

Allein, um ihn für das fast-blaue Auge büßen zu lassen, dass ich das letzte Mal mit zwanzig gehabt hatte, würde ich ihm langsam und qualvoll jeden einzelnen Knochen in seinem Arm brechen.

Genau das würde ich tun, YEAH! Noch hielt ich mich mit allem was ich hatte zurück, doch gleich … gleich ...

Dann kam Lilly.

Und bedrohte mich mit Berta!

Seinetwegen!

***

Das Wohnzimmer glich einem Schlachtfeld. Leo hatte es sich in den Kopf gesetzt, mich zu verarzten, während Lilly den Möchtegernboxer auf der gegenüberliegenden Couch auch dazu gezwungen hatte. Wohl wissend, dass sie wegen meines freien Oberkörpers, den sie noch nie so gesehen hatte, immer wieder aus dem Augenwinkel zu uns rüberlinste und dabei errötete, beruhigte ich mich ein wenig.

»Was war das denn?«, flüsterte mir Leo zu, doch natürlich hörten sie es auf der anderen Couch. *Er* war so freundlich, sie gleich mal zu informieren.

»Er hat sie fast vergewaltigt, als ich kam ...« Leos Augen fielen aus den Höhlen, bevor sie mir einen zutiefst schockierten Blick zuwarf und scharf den Atem einsog. Ihre Hand, mit der sie gerade die Platzwunde an meiner Stirn desinfiziert hatte, zog sie weg, als wäre ich zu einer schleimigen Spinne mutiert.

»Er hat mich nicht vergewaltigt!«, rief Lilly, noch tiefer errötend und beugte sich vor, um ihr Gesicht an seine Schulter zu lehnen.

Ich presste die Lippen aufeinander, als sie ihn so selbstverständlich berührte und Schutz vor ihrer Scham bei ihm suchte. Doch gleichzeitig murmelte sie die Wahrheit. »Ich wollte es ...« und warf mir dabei absolut unbewusst einen eindeutigen *Ich will es immer noch* - Blick zu. Diese Worte aus ihrem Mund, gemischt mit DIESEM BLICK wirkten wie das reinste Aphrodisiakum und ich musste ein tiefes Stöhnen unterdrücken und mich davon abhalten, sie zu packen, in mein Zimmer zu zerren, und zu beenden, was wir begonnen hatten. Vorbei war es mit der Zurückhaltung.

Ich war absolut heiß von dem Tanz *mit* und von dem Kampf *um* diese Frau. Ich fühlte mich, als wäre ich zum Höhlenmensch mutiert. Verdammte Scheiße! Was für eine Scheiße! Ich hatte an mich gehalten, aber jetzt ...

»Du wolltest es?« Das war jetzt wieder der kleine Gigolo. Er wich fast angewidert vor ihr zurück, während sie die Hände vors Gesicht schlug, wieder mal ...

»Ja ...«, gab sie dennoch zu und ich sah genau das kleine, wissende Grinsen, das Leos Mundwinkel nach oben zog. Sie funkelte mich verschwörerisch an, woraufhin ich die Augen verdrehen wollte, dann glättete sie gekonnt ihre feinen Gesichtszüge, bevor sie sich scheinheilig an den kleinen, ekelhaften Arsch wandte.

»Und dann?«

»Ich hab sie natürlich getrennt!« Er funkelte mich immer noch kampflustig an und legte besitzergreifend den Arm um ihre zierliche

Schulter. Ich lachte humorlos. Er hatte mich ein bisschen angekratzt, während er schon jetzt überall zuschwoll.

Lilly beobachte das Ganze hinter immer noch vorgehaltenen Händen, als wäre unser Gespräch ein schrecklicher Autounfall, gegen den sie ja sowieso nichts tun konnte. Ihr Gesicht wurde immer ... *grüner* ...

»Geh aufs Klo!«, forderte ich sie knapp auf.

»Lass Lil in Ruhe!«, knurrte er mich an und zog sie noch enger an sein blutiges Hemd. Wie er meinte ...

Grinsend lehnte ich mich zurück und verschränkte die Arme vor der Brust – freute mich auf das Kommende.

Schon begann das Gewürge.

Sie kotzte ihn nicht an, sondern schaffte es bis auf die Toilette – leider. Das wäre lustig gewesen.

***

Lilly schlief tief und fest in ihrem Bettchen, nachdem der Möchtegerngigolo das Vergnügen gehabt hatte, sie umzuziehen. Ich stand auf dem ausschweifenden Balkon, überblickte die Stadt und zog an meiner Zigarette. Eigentlich hatte ich mir das Rauchen abgewöhnt, eigentlich bewahrte ich immer die Kontrolle, eigentlich führte ich mich nicht wie ein Neandertaler auf ... Tja ... *eigentlich* ...

Das leise Aufgleiten der Glastür verkündete nahenden Besuch, an den schweren Schritten erkannte ich, dass es weder die federleichte Lilly noch die tapsige Leo war, sondern der ›gute alte Levis‹. Er lehnte sich neben mir an die Brüstung, sein Gesicht schwoll bereits richtig zu, was ihn aussehen ließ wie einen Zombie. Das Grinsen konnte ich mir nicht verkneifen, während ich dabei zusah wie die gerade herabgefallene Glut in der dunklen Tiefe verschwand. Seine Stimme klang ziemlich ruhig als er ansetzte.

»Was willst du mit so einer wie Lilly, hm?«

Ich schnaubte. Als ob ich das dem Hosenscheißer auf die Nase binden würde. Die Frage war wohl eher, was wollte sie mit so einem wie *ihm*! Er verbarg etwas vor ihr, was es war, wusste ich nicht, aber er war nicht ehrlich. Außerdem war er dumm genug gewesen, sich freiwillig in die unteren Toweretagen zu begeben. Der Kerl hatte die letzten Monate als Callboy verbracht und war somit in einige Probleme reingerutscht.

Ich war Lillys Beschützer ... und seit heute Abend noch so viel mehr. Ich würde sie ihm nicht überlassen, niemals!

Das ging gegen jedes Fünkchen Berufsehre und auch Männlichkeit, das ich in mir hatte. Denn ich empfand etwas für dieses junge Ding und nein, sie war wirklich kein Mädchen mehr. Sie war eine Frau, eine begehrenswerte, eine, die nicht so eine Zukunft verdient hatte, die der kleine Sack ihr bieten konnte. Er war in einem Alter, in dem man nur an sich denkt. Ich tat das nicht ... Deswegen hatte ich mich die letzten Monate von ihr ferngehalten. Aber jetzt hatte sich die Situation geändert und daher würde ich nun alles dafür tun, um ihr nahe zu kommen und ihr im Bezug auf ihn die Augen zu öffnen.

Endlich.

Ich schnippte meine Kippe weg. »Du denkst, du willst sie, weil sie dich all die Jahre mit ihrem Getanze scharfgemacht hat und doch tabu für dich war. Das ist der Kitzel der Jagd – ich kann dich verstehen, aber ich sage dir eins: Du wirst sie am Ende mit Haut und Haaren fressen. Lass die Finger von ihr.«

Ich fühlte die Welle der Aggression auf mich treffen, die meine Ansage mit sich brachte. So etwas zu spüren war ein hart antrainierter Instinkt, sofort war ich bereit ihn noch einmal auseinanderzunehmen. Dieses Mal richtig. Doch er hielt sich zurück.

»Komisch. Die letzten zwei Sätze wollte ich auch gerade zu dir sagen ...«

»Witzbold«, entgegnete ich trocken und drehte mich ihm zu, verschränkte die Arme vor der Brust, woraufhin er es mir automatisch nachtat. Der Wind wehte durch unsere Haare, man hörte das entfernte Rauschen einer nie schlafenden Stadt. Zwei Männer weit über den Dächern der Welt.

»Weißt du was?«, meinte er lapidar, »In sieben Tagen hat sie Geburtstag und derjenige, den sie dann will, wird sie bekommen. Der andere räumt das Feld. Alles ist erlaubt, es gibt keine Regeln.«

»Das ist der beschissenste Vorschlag, den ich jemals gehört habe!«

»Was dann, Schlaukopf?! Wollen wir das ewig auf ihrem Rücken austragen? Hast du eigentlich eine Ahnung, was für ein schlechtes Gewissen sie hat? Wie soll das sonst auf Dauer weitergehen? Dieses hin und her nervt!«, fuhr er mich plötzlich an und ich verengte die Augen. Shit ... Er hatte recht ... Wir konnten nicht ihr gesamtes Leben lang diese brünstige Stier-Show und das Eckenpissen aufführen.

Außerdem packte mich so etwas wie ... Kampfwille.

Die Aussicht, diesen egoistischen Idioten in die Schranken zu verweisen, und ihn somit innerhalb von sieben Tagen aus ihrem Leben zu verbannen, schien mir wie der Himmel auf Erden. Er war die größte Gefahrenquelle für sie und musste beseitigt werden – mit allen Mitteln.

Mit einem winzigen Grinsen schlug ich fest ein und schüttelte seine ausgestreckte Hand.

»Bis zu ihrem Geburtstag.«

»Bis zu ihrem Geburtstag«, nickte er und sah mir für einige Sekunden in die Augen, während er fest meine Hand schüttelte. Courage hatte er, das musste man ihm lassen. Mit einem winzigen, überlegenen Grinsen löste er sich von mir. »Sie wird immer mir gehören«, verkündete er selbstsicher und ging.

Bis zu ihrem Geburtstag … Dann gehört sie mir, dachte ich zufrieden und überlegte mir einen subtilen, aber sehr effektiven Schlachtplan, um das Herz dieser Frau zu gewinnen. Denn, dass ich ihren Körper bereits besaß, hatte mir unser Tanz voll und ganz gezeigt.

11. Lilly

Bei mir reichte eine Flasche Hugo aus, damit ich mich am nächsten Morgen wie nach einer mit Vodka durchzechten Nacht fühlte ... Stöhnend kam ich wieder zu Bewusstsein und fühlte als Erstes, dass ich nicht alleine war. Sofort traf mich vertrauter Duft ... und ich seufzte erleichtert. Es schien, als würden sich die soeben noch bohrenden Kopfschmerzen durch den Geruch verflüchtigen.

»Hey ...«, begrüßte mich Levs sanfte Stimme.

»Hey ...«, brummte ich und kuschelte mich eng an seine nackte Brust, schloss die Lider und ... *Grellblaue Augen, die mich förmlich einsaugen ... Deans AUGEN! Seine Lippen an meinem Hals! Seine verzweifelte, raue Stimme ... »Halt mich auf ...« OH SCHEISSE!*

Mit viel zu viel Elan schoss mein Kopf hoch, woraufhin es darin stach und ich mir stöhnend an die Stirn fasste.

Der gestrige Tag rollte sich gemächlich, aber mit voller Gewalt vor mir aus. Erst Levis, der mir sagte, dass er mich auch sein ganzes Leben lang wollte, dann jedoch seine tolle Entscheidung, niemals etwas zwischen uns zuzulassen – trotz der Gefühle. Was total bescheuert war! Hinzu kam mein Versprechen an Vlad, das ab jetzt immer wie ein Damoklesschwert über mir schweben würde, auch noch der Wahnsinnstanz und der darauf folgende Trockenfick mit meinem Bodyguard!

Ich wollte in einen komatösen Zustand fallen und die nächsten Jahre nicht mehr aufwachen. Danach sollte alles wieder in Butter sein: Ich wäre mit Levis zusammen, der niemals eine Hure gewesen war, hatte meinen Bodyguard, den ich ÜBERHAUPT nicht attraktiv, sexy oder gar unwiderstehlich fand und Vlad war immer noch nichts weiter als der beste Freund meines Bruders. *Hach, wäre das schön ...*

Nur leider traf das nicht zu.

Verschlafen blinzelte ich zu Levis auf und sah in sein ramponiertes Gesicht. Ein Auge war völlig zugeschwollen, sein Kiefer blau mit einem Stich lila.

»Oh Gott!« Sein hübsches Gesicht war so kaputt, und das nur wegen mir. Sofort hoben sich meine Finger, um besänftigend über die Verletzungen zu streichen, Tränen standen schon wieder in meinen Augen, aber er verdrehte seine.

»Das ist gar nichts ...« In einer ungewohnt intimen Berührung nahm er meine Hand und presste die Fingerknöchel an seine vollen Lippen. Ich erschauderte heftig, als mich sein Blick von unten nach oben traf ... Mir wurde heiß – schon wieder ... Was hatten diese zwei Männer nur an sich, dass sie es schafften, mich mit einem Wimpernschlag in Flammen zu versetzen und alles andere vergessen zu lassen? »Ich dachte, ich muss ihn umbringen ... als ich gesehen habe, wie er dich festhält ...« Seine Stimme bebte. Erneut errötete ich, vor allem wegen der Erinnerung daran, gemischt mit Levis Lippen an meiner Haut. Mir war nicht zu helfen, irgendwas lief hier falsch! Mein Körper schien überempfindlich geworden zu sein! Wahrscheinlich, weil ich in einer Woche achtzehn wurde oder so …

»Er hat wirklich nichts getan, was …« Ich konnte nicht noch einmal zugeben, dass ich es … nein, dass ich DEAN MONROE, meinen Bodyguard, gewollt hatte – mit jeder einzelnen Faser meines durchdrehenden Körpers.

Levis Augen verengten und seine Züge verhärteten sich.

»Du willst ihn also wirklich?«

Ertappt riss ich die Augen auf und verneinte instinktiv. »Nein!« Doch in dem Moment schlug diese Lüge wie ein tonnenschwerer Fels auf mich ein, raubte mir damit die Luft und ich runzelte angestrengt die Stirn, während ich die Lider zusammenkniff. »Ja! Ich weiß es nicht …« Vorsichtig linste ich unter einem Lid hervor zu Lev und bemerkte, wie er mit verhärtetem Kiefer total angepisst die Wand anstarrte. Eine Ader an seiner Stirn pochte, er blähte die Nasenflügel.

»Gut …«, meinte er irgendwann, nach angespannten Sekunden, in denen ich ihn nur angestarrt hatte. »Er lässt mir keine Wahl« Somit tat er etwas Wunderschönes und total Fieses! Er beugte sich vor und küsste mich!

Und das, nachdem er gesagt hatte, dies würde nie wieder geschehen! OH GOTT! Mein Kopf drehte sich nur noch im Kreis, die Außenwelt flog verschwommen an mir vorbei. Aber irgendwas war falsch und ich schob ihn zurück.

»Hast du gestern nicht gesagt, so was wird nie wieder zwischen uns geschehen?« An der muskulösen, tätowierten Brust hielt ich ihn zurück, was mir wirklich einiges abverlangte.

Er sah entschlossen aus. »Das war gestern!« Auf meinen verwirrten Blick hin gab er noch unwillig »Vor IHM!« hinzu.

Ich lachte, wieso auch immer, woraufhin Levis die Augen abermals verengte. »Der Kerl ist eindeutig irgendein Ex-Söldner mit traumatischer Scheiße im Schädel, und er ist viel zu ALT für dich! Wie viel Jahre Unterschied sind das zwischen euch? So ungefähr fünfzig? Er ist abgebrüht, der würde dich nur ausnutzen, so unschuldig wie du bist! Und wie du siehst, ist er auch noch gewalttätig!«

»Es sind nur zwölf Jahre und was bedeutet Alter schon! Und er ist vielleicht etwas distanziert, aber hat bis jetzt nie etwas anderes getan, als über mich zu wachen und mich zu beschützen! Außerdem hast du ihn angegriffen und einen Schaden haben wir alle!«, schoss ich sofort zurück und erschrak im nächsten Moment zu Tode darüber. Wieso verteidigte ich Dean so vehement und schrie deswegen meinen besten Freund an? Mit großen Augen schlug ich die Hände vor den Mund, während Levis mich jetzt wirklich tödlich anstarrte.

»Dann habe ich in deinem Bett eindeutig nichts mehr verloren!«, stellte er schließlich tonlos fest und schwang sich über mich. Mein Herz blieb fast stehen. Trotz der bohrenden Schmerzen rappelte ich mich auf und erwischte ihn gerade noch so am Arm, bevor er das Zimmer verlassen konnte.

»Nein, geh nicht!«

Er schnaubte spöttisch und sprach, ohne mich anzusehen. »Es ist besser, wenn ich gehe. Das halt ich nicht aus, Lil ... Ich kann nicht dabei zusehen.«

»Wobei zusehen?« Nun wurde ich langsam pissig!

»Dich ... mit einem anderem.«

»Das will ich auch nicht!«, rief ich aus und schob ihn mit der Kraft der Verzweiflung auf meinen Schreibtischstuhl. Schon saß ich auf seinem Schoß und hielt sein Gesicht zwischen den Händen. Es schien völlig normal, mit ihm umzugehen, als wären wir uns schon immer auch auf diese Art nah gewesen. Er blickte nach unten, irgendwo auf mein ausgebleichtes Schlafshirt. »Sieh mich an, Lev ...«, forderte ich sanft und fühlte genau das Stolpern meines Herzens, als ich auf sein dunkles, tiefes Blau traf … »Ich habe nicht vor, dich bei irgendwas zusehen zu lassen ...«, flüsterte ich bebend und beugte mich vor, küsste *ihn* diesmal genüsslich und langsam. Woraufhin er stranguliert stöhnte und seine Hände in die Lehnen des Stuhls rechts und links von mir krallte. »Du hast keine Ahnung, wie oft ich von dem hier geträumt habe ...«, murmelte ich an seinem Mundwinkel und glitt dann mit meinen Lippen an seinem harten Kiefer entlang. »Jeden Abend ... jede Nacht, Lev … Du lagst neben mir und warst doch so weit entfernt … und trotzdem. Da warst nur du ... Immer ...«, hauchte ich an seiner Kehle und wollte herab gleiten, aber er griff in meine Haare und zog meinen Kopf zurück, sodass ich ihn ansehen musste.

»Was ist mit ihm?«, fragte er knapp. Gute Frage ... Die würde ich jetzt auch mal mir selber beantworten.

»Ich war betrunken und verzweifelt, ich habe mit ihm getanzt und ...«

»DU HAST WAS?« Nun sprühten seine Augen Eisblitze.

Ich verzog mein Gesicht ... denn ich wusste genau, wie Levis tickte, wenn es ums Tanzen ging. Genauso gut hätte ich sagen können, *ich hatte mit Dean Monroe Sex in allen möglichen Stellungen ...*

»Es war nur ein kurzer Tanz ...«

»Der in einem Fast-Fick endete!«

Ich zuckte wegen seiner harten Stimme zusammen. Immer noch hielt er mich an den Haaren. Das hier war eine Seite an Levis, die ich noch nie kennengelernt hatte und die er sich wahrscheinlich erst die letzten Monate angeeignet hatte. Sie brachte mich dazu, dass ich auf seinen Oberschenkeln nach vorne rutschen und mich an seinem harten Schwanz reiben wollte, der sich unmissverständlich gegen seine Jogginghose drückte. Unser Streit erregte ihn ...

Es war untypisch und vor allem heiß, wenn er sich so verhielt.

Oh Gott ... Oh Gott ... Oh Gott ... Ich mutierte zu einer armseligen Nymphomanin oder einer Sexsüchtigen ... zu etwas, was ich noch nie gewesen war ... und ich konnte nichts dagegen tun. Meine Weiblichkeit war gestern mit einem riesig großen Knall von den beiden erweckt worden und jetzt drehten meine Hormone total ab. Aber mir blieb zwischen solchen Kerlen ja auch überhaupt keine verfurzte Wahl!

Ich wusste nicht viel in all diesem Chaos, doch eine Gewissheit gehört zu mir wie meine Augenfarbe.

»Levis ... ich will dich.«

Er wirkte verzweifelt, als ich ihm tief in die Augen sah und das mit allem, was ich hatte, hauchte. Doch er gab nach ... Und das mit einem wirklich gequälten Stöhnen. Zeitgleich beugte er meinen Kopf, mit der Faust immer noch in meine Haare verkrallt, und küsste mich so tief und innig, dass mein Gehirn schon wieder Karussell spielte.

***

Und dies war der Anfang des irren Spiels, das die beiden mit mir treiben würden.

Denn als Levis sich nach einer gefühlten knutschend verbrachten Ewigkeit von mir löste, schmollte ich. Er meinte, wir sollten es langsam angehen lassen und dass ich mit Dean sprechen müsse. Gerade eben war da noch diese Wärme in meinem Bauch gewesen, mein rasendes Herz und die besagten Schmetterlinge, doch der Gedanke mich nach gestern Dean zu stellen, ließ sofort alles gefrieren.

Dennoch musste ich es tun, das wusste ich. Und so ließ ich Levis in meinem Zimmer zurück, ging ins Bad, ignorierte mein zerzaustes Spiegelbild, brachte die Morgenroutine hinter mich, schmiss mir zwei Aspirin ein und verließ meine sichere kleine Höhle.

Ich hatte keine Ahnung, wie er auftreten würde. Wieder ganz der distanzierte Beschützer oder doch der leidenschaftliche Mann von gestern? Nur mit einem rechnete ich nicht:

Ihn mit freiem perfekten Oberkörper in der Küche anzutreffen, während er sich seinen komischen, allmorgendlichen Fruchtdrink im Mixer zusammenmixte. Er stand seitlich zu mir und das erste Mal konnte ich all seine kunstvollen Tätowierungen ohne störenden Stoff bewundern. Die Arme waren voller Tinte, es sah keltisch aus ... sein Oberkörper war ansonsten größtenteils tintenfrei, doch ein einziger schwarzer Strich glitt zwischen den Muskeln auf seiner Brust und seinem Bauch hindurch und verlor sich in der tief sitzenden, dunklen Hose. Sein ausgearbeiteter Bizeps spannte sich minimal an, als er den Knopf des Mixers immer wieder betätigte und dabei gelangweilt auf seiner geliebten Kaffeebohne herumkaute. Mein Magen zog sich bei seinem Anblick zusammen. Noch von Levis aufgeheizt, aber vor allem in Erinnerungen an gestern Abend eintauchend, als ich an dieser Scheibe geklebt und vor Lust fast umgekommen war. Diesen männlichen, riesigen Körper hatte ich an mir gespürt! Er hatte mich gehalten mit diesem muskulösen Arm, und die langen Finger hatten sich in mein Fleisch gebohrt ... Pure Hitze überströmte mich ... bei seinem Anblick vergaß ich prompt alles andere. Verträumt lehnte ich mich an den Türrahmen und verschränkte die Arme.

Wieso hatte ich das davor nie gesehen?

Dieser MANN strahlte eine enorme Faszination auf mich aus!

Ich musste fast lachen, ja natürlich hatte ich es gemerkt! Ich hatte es mir nur weggeredet und so getan, als wären die Signale der Begierde nichts weiter als irgendwelche anderen Erscheinungen ... Während ich ihn beobachtete, fiel mir auf, dass er mittlerweile so viel mehr war als mein Bodyguard. Vielleicht war er das schon immer gewesen, bereits seit meinem Tanz in der Halle, bei dem er mich heimlich beobachtet und den ich nur für ihn getanzt hatte. Ich wollte ihm gerne gefallen, so wie allen anderen Jungs. Doch da gab es ein paar Probleme. Er *war* kein Junge, sondern ein Mann, und er sah in mir nichts weiter als ein kleines, verwöhntes Mädchen. Das machte mich so wütend, dass ich keine andere Wahl gehabt hatte, als mir einzureden, dass es mir egal war, was er von mir hielt, weil er absolut nicht mein Typ war ... Die Lüge konnte und wollte ich nach gestern gar nicht mehr aufrecht erhalten, denn die Wahrheit war: Levis machte mich unsagbar heiß ... aber Dean ließ mich lichterloh brennen.

»Wie lange willst du noch dastehen und mich beobachten?«, fragte er lässig und ich zuckte ertappt zusammen. Mist ... Natürlich ... Seinem peripheren Sehvermögen entging ja nichts! Hatte ich ja ganz vergessen. Da sieht man mal, wie durcheinander ich war.

Ich räusperte mich und ignorierte das Herzflattern, als er den Mundwinkel hochzog, sobald er direkt fixierte, wie ich in meinem langen ausgebleichten Schlafshirt und in Puschelschuhen im Türrahmen lehnte.

Das war der Blick eines MANNES, der vor einer Frau stand, von der er genau wusste, wie sich ihr Körper anfühlte, und er schoss geradewegs in meinen Unterleib. Meine Beine waren Gummi, als ich mich räusperte und in die Küche trat. Immer darauf bedacht, ihn bloß nicht mehr so offensichtlich blickzuficken.

»Wir müssen reden ...«

Sein Shake war fertig. In sich hinein schmunzelnd schenkte er sich in aller Ruhe ein und stützte sich dann mit beiden Armen am Tresen hinter sich ab, während er mich mit seinem hellblauen Starren in Gefangenschaft nahm. »Dann rede mal!«

Oh scheiße ...

Ich hyperventilierte fast und trennte mein Augenmerk verzweifelt von den Bauchmuskeln, diesem V ... und dem darunter ... fühlte wieder, wie er sich an mir rieb und wie hart er an diesem dünnen, durchnässten Höschen gewesen war. Wieso präsentierte er sich mir so ... so ... so ... unsagbar verspielt, verführerisch und tödlich?

»Versuchst du mich gerade anzumachen?«, schoss es zickig aus mir raus. Denn wenn das der Fall war, gelang es ihm auf ganzer Linie!

Jegliche Belustigung verflog, stattdessen legte er den Kopf schief. »Fühlt es sich so an?«

Die Schenkel aneinander reibend, fragte ich mich, was es bringen würde ihn anzulügen? »Ich mag das nicht! Hör auf damit!«

»Falsch! Du willst es nicht mögen, aber in Wahrheit magst du es viel zu sehr, als dass es gut für dich ist« Nun klang auch er grimmig. »Wie auch immer ...« Mit einem Mal trat er auf mich zu und ich hielt die Luft an. Meine Augen wurden groß, ich wich zurück, doch der blöde Tresen hinderte meinen strategischen Rückzug. Rechts und links legte er seine Hände auf den Marmor hinter mir. »Ich werde mich nicht mehr zurückhalten.«

Diese verheißungsvollen Worte gefielen mir zu gut, sie berührten einen ganz speziellen Teil in mir, brachten ihn förmlich in Schwingungen und ließen mich erschaudern.

Seine blöden Augen sogen mich ein, fesselten mich ... In ihnen gehörte ich ihm bereits – genau das ließ er mich voller Triumph sehen.

»Wo warst du gestern?«, fragte er auf die langsame betonte Art, auf die er so oft mit mir sprach, nur weil ich blond war und es verstand, mich dumm zu stellen. Und genauso wenig wie Levis, durfte Dean Monroe jemals von meiner Abmachung mit Vlad erfahren. Deswegen verschränkte ich die Arme vor der Brust.

»Du warst gestern nicht im Dienst, wieso interessiert es dich?«

Er sah mir immer noch eindringlich in die Augen. Ich wusste, er mimte den Lügendetektor und versuchte, mich wieder mal zu durchschauen. »Du bist mehr für mich als ein Job!«, gab er ohne zu zögern zu.

»Ja klar und das wahrscheinlich schon seit dem Moment, als ich damals in der Halle für dich getanzt habe ... Bevor du mich geholt hast! Ach komm! Solche Floskeln passen nicht zu dir!« Triumphierend war gar kein Ausdruck mehr! Oh no! Ich Idiotin!

Das hätte er eigentlich nicht erfahren sollen!

»Das gefällt mir ...« Unerwartet hob sich seine Hand und er strich mir über die glühende Wange. *Oh Gott*! Er berührte mich wieder und es war HIMMLISCH! Fast glitten meine Lider vor Wonne zu ... sein Ausdruck wurde weicher, aber auch leidenschaftlicher ... »Und genau so ist es.« Somit drehte er sich um und ließ mich stehen!

Super, wie ich das mit ihm besprochen und beendet hatte! Wirklich!

12. Lilly

Levis war *not amused*, als ich zurück ins Zimmer kam und ihm beichtete, dass ich nicht die Klappe aufbekommen hatte. Ich brachte es einfach nicht fertig, Dean klarzumachen, dass so etwas wie gestern nie wieder geschehen durfte. Doch Levis ging nicht, schwang sich seufzend aus meinem Bett und nahm mich in die Arme, weil ich den Tränen nahe war. Ich *wollte* nichts für Dean empfinden, jetzt, wo ich endlich meinen Traumprinzen haben konnte! Es machte mich so sauer, dass ich meine Gefühle nicht abstellen konnte.

Doch Levis bewies mir wieder mal, wieso er mein bester Freund war und schob mich nicht von sich, hielt mich stattdessen fester und küsste mich nach einiger Zeit einfach. Er versicherte mir, dass er bei mir bleiben würde, egal was geschehen würde ... und ich war erleichtert.

Vlad hatte ihn tatsächlich entlassen, was hieß, Levis zog kurzerhand bei mir ein. Leider mit nichts, außer einer Jogginghose. Vlad war wirklich ein verdammter Mistkerl!

Da mich Levis auf keinen Fall alleine mit Dean in die Arbeit gehen lassen wollte, blieb mir keine andere Wahl, als ihm von irgendwoher ein Oberteil zu besorgen. Leo fiel schon mal flach, denn erstens war sie schon längst im Büro und zweitens besaß Levis keinen Dessousfetisch.

Deswegen klopfte ich fünf Minuten vor dem Aufbruch mürrisch an Deans Zimmertür und war erleichtert, dass er sich bereits angezogen hatte, als er mir öffnete. Zumindest im ersten Moment, dann sah ich ihn genauer an. Dieser blöde dunkelrote Anzug umschmeichelte seinen blöden Körper perfekt. Ich verstand nicht, wie ich ihn irgendwann nicht anziehend gefunden haben konnte. Gleichzeitig fragte ich mich, ob er gestern überhaupt etwas abbekommen hatte? Außer einer kleinen Platzwunde an der Stirn bemerkte man von dem Kampf so gut wie nichts, während sein Kontrahent in allen möglichen Farben erstrahlte und aufquoll. Dean wirkte, als wäre er gerade einem Werbeclip entstiegen.

Ich starrte ihn an.

Er hob eine Augenbraue, war mit einem Mal völlig im Guard-Modus. »Ja?«

»Ähm ...« Ich überlegte, ob er die zwei Knöpfe seines Hemdes schon immer offen getragen hatte ... und wie es wohl wäre, es weiter aufzuknöpfen. »Also ...« *ich würde dir wirklich gerne die Kleidung vom Leib reißen*, sagte ich nicht! Das war schon mal gut, oder?

Arrogant schmunzelnd sah er auf seine Uhr und gähnte gekünstelt, verfurzt! Dabei lehnte er sich in den Türrahmen. Jetzt neckte er mich auch noch, konnte der sich nicht auf einen Modus beschränken? Entweder DISTANZIERTER GUARD oder ARROGANTE VERFÜHRUNG!

»Levis wird hier einziehen ...«, verkündete ich pissig, weil ich ihn nicht einschätzen konnte, woraufhin jeglicher Ausdruck schlagartig sein Gesicht verließ. »Aber er hat keine Kleidung ... Nach der Arbeit geh ich mit ihm einkaufen, aber hättest du bis dahin vielleicht etwas, was du ihm leihen könntest?«

Das böse Grinsen, das seine Mundwinkel nach oben zog, hätte Warnung genug sein sollen. »Aber natürlich!« Doch ich ignorierte sie.

***

Zu dritt standen wir in einer Ecke des vollen Aufzugs und ich musste immer wieder kichern, wenn ich Levis ansah, der genervt die Augen verdrehte. Dean, der wie immer hinter mir stand, amüsierte sich im Gegensatz zu mir still und leise. Ich sah es dennoch an dem Funkeln in seinen Iriden, immer wenn er Lev ansah, denn der trug ein Hemd mit vielen roten Herzchen drauf und das mit Würde.

Während ich mich fragte, woher Dean Monroe so eine Grausamkeit des guten Geschmackes hatte.

Selbst in diesem Aufzug wurde Levis von unzähligen Frauen, Mädchen und sogar ziemlich alten Omas angemacht, während er an einem kleinen Tisch in der Ecke des Eiscafes saß.

Ich brodelte bereits in der ersten Stunde wie ein Wasserkocher.

Aber das reichte nicht! Denn ich hatte es ja nicht nur mit einem Kerl zu tun, sondern mit *zweien*!

Dean stand an seinem Stammplatz zwischen mir und dem Ausgang, mit vor sich verschränkten Händen wie ein Fels in der Brandung, ließ mich nicht aus den Augen und sprach dabei mit der sehr emotional wirkenden Letitia ...

Leo saß mir gegenüber und amüsierte sich über meinen Stress, gleichzeitig versuchte ich den Gesprächen beider Männern zu lauschen. Levis ließ eine nach der anderen auf eine übel charmante Art abblitzen, woraufhin manche fast in Tränen ausbrachen. Klar, er war hier eindeutig der heißeste Kerl. Anscheinend konnte er als sexy Stripper gar nicht anders wirken und das, obwohl er dieses peinliche Hemd trug und sein schönes Gesicht in Grün- und Blautönen aller Art erstrahlte!

Davon, was Dean sagte, verstand ich kein Wort! Verabredete er sich gerade mit ihr für den nächsten Fick, während ich schlief? Er sah sie milde lächelnd an ... Strahlte diese bestimmte Wärme aus, die ich vor gestern noch nie an ihm gesehen hatte, und strich ihr über die Wange ... ähnlich wie mir vorhin in der Küche. Meine Augen verengten sich gefährlich, als sie langsam die Arme um seine Hüften schlang und ihr Gesicht in seinem blütenweißen Hemd vergrub, das immer noch zwei Knöpfe geöffnet war. Und was tat er? Mich weiterhin fixierend zog er sie eng an sich. Dann schloss er die Augen, um sein Gesicht in ihren imposanten Locken zu vergraben und ihr ins Ohr zu hauchen.

ARSCH!

»Hey, meine kleine Pissnelke!« Levis Gesicht schob sich in mein Blickfeld und ich musste an mich halten, um mich nicht zu verbiegen und an seiner Schulter vorbei zu linsen. Das Letzte was ich von Dean gesehen hatte, war seine Hand, die langsam über ihren Rücken nach unten strich, während die andere besitzergreifend ihren Nacken umfing. Hoffentlich um ihn zu brechen!

»Tun wir's??« Levis seidiges Hauchen riss mich aus den mörderischen Gedanken, die meine Beobachtungen nach sich zogen.

»Ich verschwinde!« Leo, die ich total vergessen hatte und das hat was zu heißen, beugte sich sofort über den Tresen und gab mir einen Kuss auf die Wange, wobei sie mich fast mit ihrem Wangenknochen erschlug. Maddy musste sich gut um sie gekümmert haben, sie wirkte nun wie immer: ausgeflippt und dennoch völlig ausgeglichen. »Piss später!«, rief sie noch, woraufhin ich die Augen verdrehte. Beim Hinausgehen gab sie Dean eine mit dem Ellbogen mit, der immer noch an seiner verfurzten Latinatussi hing. Er lachte heiser ... WAHRSCHEINLICH AUFGEHEIZT VON DER ... Schnell wandte ich mich Levis zu. Sein Anblick war Balsam für meine Seele. Das war der Mann, den ich wollte und er hatte gerade gesagt wir sollten *es* tun! Oh Gott, meinte er wirklich es *es*!?

»Was tun wir?«, fragte ich mit einem aufgeregten Kribbeln. Bis jetzt hatte er mich immer zurückgehalten, wenn ich das Küssen ausweiten wollte. Mit anderen Typen hatte ich auch alles ausprobiert, bis auf den direkten Akt, und hatte mir dabei immer Levis vorgestellt. Ich wollte endlich wissen wie es wirklich sein würde und ihm meine Unschuld schenken. Ja ... kitschig, war aber so.

Deswegen klang meine Stimme wohl ziemlich hoffnungsvoll, woraufhin Levis sich über den Tresen zu mir lehnte, um mir einen Kuss auf die Lippen zu drücken. Mein Herz stolperte und das Glück durchströmte mich so wie jedes Mal, wenn er mir seine Zuneigung so offen und so natürlich zeigte. Die Lippen glitten von meinem Mundwinkel über meinen Kiefer.

»Ich will dich an mich drücken und deinen kleinen heißen Arsch mit beiden Händen umfassen ... ich möchte meine Hüften an dir bewegen ... Deine Hitze fühlen, mit dir verschmelzen und dabei diese köstliche Haut beißen ...« Er bekräftigte seine samten gehauchten Worte mit einem zarten Biss unter mein Ohr ... Er wusste wirklich was er tat, diesem Überfall war ich hilflos ausgeliefert ... Erschaudernd umklammerte ich mit beiden Händen die Theke. »Willst du das, Lil?«

Benebelt nickte ich, meine Augen waren schon längst genüsslich geschlossen. »Ja!« Das war ein atemloses Stöhnen, nichts anderes, ich geb ´s ja zu!

»Gut. Denn ich habe schon zu lang nicht mehr mit dir getanzt.«

»LEV!« Anklagend schob ich ihn an der Brust von mir, um ihm in die funkelnden Augen zu schauen.

»Ja?«, erkundigte er sich mit hochgezogenen Brauen höflich und beugte sich vor, um sich noch einen winzigen, unschuldigen Kuss zu stehlen. Als würde er nicht genug von mir bekommen und Gott, andersrum war es genauso, ABER.

»Ich habe nicht tanzen gemeint!«

»Was dann?« Aufmerksam sah er mich an. In seinen blauen Tiefen tanzte der Schalk und ich gab die angepisste Schildkröte. Natürlich verschränkte ich auch die Arme und schob meine Brust raus.

»Das weißt du ganz genau! Ich will mit dir ...« Im letzten Moment stoppte ich mich und rief das letzte Wort nicht durch den Laden, wispernd beugte ich mich vor ... »Schlafen ...« Und Levis sah auf mich herab, als hätte ich ihm in das ramponierte Gesicht geboxt, was ich gar nicht verstand. Sanft umfing er meine Wange ... »Ich werde nicht mit dir schlafen, Lil ...«

»Wie nicht? Jetzt nicht? Später nicht? Gar nicht? Und vor allem WIESO nicht?«

Bedauernd lächelte er, aber die tiefe Zuneigung in seinem Blick war unübersehbar. »Genau wegen der Art, mit der du mich fragst, ob ich dich ficken soll.« Bei dem Wort ficken zuckte ich zusammen. Levis benutzte sonst nicht solche Ausdrücke! »Ich kann nicht mehr mit dir schlafen, Lil. FICKEN ist alles, was ich noch draufhabe und das hast du nicht verdient.«

Ich schnaubte spöttisch und nahm seine Hand von meiner Wange. »Heißt das, du willst mit mir eine Beziehung führen, aber wir werden NIEMALS Sex haben?«

ER NICKTE! Und schoss damit den Vogel ab! Einige Sekunden starrte ich ihn sicherlich nur mit dem dämlichsten Gesichtsausdruck an, den ein Mensch haben kann. Dann ... grinste ich langsam ... Levis war manchmal soooo niedlich!

»Du findest mich hübsch?«

Er verzog das Gesicht als wäre ich verrückt und stieß fast schon wütend aus. »Mach dich nicht lächerlich, Lil. Du bist wunderschön. Du bist die fleischgewordene weibliche Perfektion …. ich mein allein dein Haar und deine Augen … deine Lippen ...« HA!

»Und du magst es mich zu küssen?« Er hätte nicht angepisster aussehen können.

»Ich *liebe* es, dich zu küssen« Das klang fast schon ... beleidigt. Ich verkniff mir ein Kichern und überlegte, was Leo nun tun würde. Kurzerhand lehnte ich mich vor, sodass mein Ausschnitt zur Geltung kam, und tippte mir nachdenklich auf die Unterlippe. Levis Augen verdunkelten sich merkbar, als ihm aufging, in welche Richtung ich wollte – tja, er war eben mein Seelenverwandter.

»Dann, mein Lieber ... hast du keine Chance!«, beendete ich grinsend und wirbelte herum, packte mein Tablett und sah im Weggehen noch einmal über die Schulter. Lev schien fassungslos und Dean stand immer noch da, wo er zuvor gewesen war. Aber jetzt waren seine Fäuste an den Seiten geballt, sein Kiefer verbissen und ja ... mental brachte er mich gerade auf alle möglichen Arten um.

Ich zwinkerte ihm zu!

Er hatte mich gehört und sie war weg! Plan geglückt!

13. Levis Cold

Okay. Er war gut. Der alte Sack wusste genau, was er tat und hatte eindeutig Erfahrung mit Frauen. Aber ich kannte Lilly besser. Ich wusste, wonach sich nicht nur ihr Körper, sondern auch ihr Herz sehnte. So gut, wie er dieses Spiel mit seinem Heiß und Kalt auch spielte. Er war zu sehr auf ihren Schutz fixiert und hielt sie somit von Dingen fern, die vermeintlich gefährlich waren, die sie aber wie die Luft zum Atmen brauchte. Er hätte sie niemals freiwillig in die Etage gelassen, in der die Tänzer der unzähligen Shows unter und im Tower täglich zehn Stunden lang trainierten. Wir hatten eine riesige komplett verspiegelte Halle für uns allein. Da hatten sich die unzähligen Aufwärm-Ficks mit der braunhaarigen Kleinen am Empfangstresen gelohnt.

Lilly, die mich den restlichen Tag folterte und mir mit jeder einzelnen Bewegung signalisierte, dass ich ihr ja doch niemals widerstehen könnte (hier zeigte sich: ich kannte sie doch nicht so gut wie immer angenommen, oder zumindest diesen einen absolut natürlich verführerischen Teil von ihr nicht). Es brachte mich aus dem Konzept, dass sie nun wirklich kein bisschen mehr Mädchen, sondern eine richtige Frau war, die eindeutig mehr von mir wollte. Genau die Dinge, von denen ich immer geträumt hatte, während sie all die Jahre in meinem Zimmer auf meinem Bett und ich auf der Matratze auf dem Boden gelegen hatte. Ja, Lilly war immer bei mir gewesen, rund um die Uhr.

Meine Familie war ihre Familie ... wir waren wie Bruder und Schwester gewesen, und jetzt war sie scharf auf mich ... und ich auf sie – so sehr ... Doch ich konnte diesem einen brennenden Wunsch nicht mehr nachgeben. Er war für immer zerstört worden, als ich das erste Mal eine Frau gefickt hatte, während *er* mir seinen Schwanz in den Arsch rammte ... Ich hatte zu viele Pussys gesehen, zu viele Schwänze gelutscht. Ich war total abgestumpft gegenüber Reizen. Normaler Sex gab mir nichts, es erregte mich kein bisschen ... Meine Fantasien gingen in dunkle, schmerzhafte Richtungen. Keine davon handelte von einem weißen reinen Laken, auf das ich sie bettete und ihr so ein erstes Mal bescherte, wie es ihr gebührte. Ich war ein verdammtes Wrack, ein irrer Bastard, eindeutig hatte ich in den letzten letzten Monaten geistigen Schaden genommen ... und trotz allem: Ihre Reize waren fast mehr, als ich ertragen konnte. Beinahe hätte ich nachgegeben, sie mir genommen ... und dann sofort abgespritzt ... doch ich konnte mich beherrschen, meine Lust unter Kontrolle halten – wenn nötig über Stunden, sogar Tage ... Eines der Dinge, das ich mittlerweile perfektioniert hatte.

Sobald ich in der Tanzhalle die Hände von ihren Augen nahm, betäubte sie mich und den Scheiß-Söldner, der uns auf Schritt und Tritt verfolgte, mit einem Schrei, und fiel mir mit den Armen um den Hals und mit den Beinen um die Hüften. Ganz automatisch hielt ich sie.

Triumphierend grinste ich den Schattenmenschen über ihre Schulter hinweg an. Er retournierte mit einem spöttischen Lippenzucken. HA! Das würde ihm vergehen, wenn er einmal sah, wie ICH mit ihr tanzte!

Doch Lilly hatte andere Pläne. Sie löste sich von mir, rannte zur Anlage und suchte aufgeregt einen Titel – mal schauen, welchen sie nehmen würde. Ich kannte sie alle. Wusste, wie gern sie zu König der Löwen tanzte, genauso wie zu Burlesque-Songs, heißen Salsa-Rhythmen, aber vor allem zu Hip-Hop. Lillian Anthonia Price wählte eine harte Rocknummer mit heftigem, tiefen Beat und sie drehte voll auf! *Huh*?

»JAAAAAAAAA!«, rief sie, schloss die Augen und bewegte nur die Hüften mit zurückgeworfenem Kopf und ausgestreckten Armen, als wäre dies eine Art Befreiung.

Im Augenwinkel sah ich verwirrt zu dem verfickten Chamäleon. Er schien völlig unbeeindruckt, aber ein fast schon vorfreudiger, wissender Ausdruck hatte sich auf sein Gesicht geschlichen. Er fickte sie mit den Augen und sie tat es ihm gleich, während sich ihre komplette Art änderte und sie die Hände langsam an ihren Seiten bis zu ihren Hüften herabgleiten ließ … Dort packte sie ihr dünnes Oberteil, welches sie sich beim Einkaufen mit mir besorgt hatte, und schob es ein wenig an ihrem Bauch nach oben, sodass man ihren runden Nabel und die zierliche Taille begaffen konnte.

Als sein Wangenmuskel zuckte, war sie zufrieden und ließ den Stoff wieder fallen. Diese kleine Femme fatale biss sich auf die Lippe, nachdem sie den einen hypnotisiert hatte und ging zum anderen, also zu mir, über, um mich mit ihren dunklen, großen Augen gefangen zu nehmen und zu hauchen.

»Setz dich, Lev …«

DEAN

Kurze Anmerkung für die Nachwelt: Sie wollte mich töten ...

Als sie anfing, sich absolut sinnlich zu dem mitreißenden, tiefen Beat zu schlängeln, hatten weder der kleine Pisser noch ich auch nur den Hauch einer Chance, aus dieser Sache rauszukommen, ohne abgespritzt zu haben.

Sie trug nichts, als eine schwarze Leggings und ein weißes enges Shirt, das leider nicht bis über diesen prallen, kleinen perfekten Arsch reichte. Den drehte sie uns gerade zu, beugte sich vor und umfing ihre schlanken Fußknöchel. Als sie nach oben kam, geschah das sehr schwungvoll. Ihre blonden Haare breiteten sich wie ein Fächer aus. Schlanke Finger vergruben sich in glänzenden Strähnen. Ihre Hüften wiegten sich lasziv und ich konnte nicht umhin, mir vorzustellen, dass sie sich genauso bewegen würde, wenn sie mich in baldiger Zukunft ritt. Sie dachte an dasselbe, als sie mich ansah – mit geröteten Wangen und verlangend leuchtenden Augen. Deswegen musste ich grinsen, während ich mit verschränkten Armen locker an einer Säule lehnend diese kleine Show in vollen Zügen genoss.

Ja ... das war ihre Strafe für mein Gespräch mit Letitia und vor allem die Umarmung. Natürlich ließ ich sie nicht wissen, dass dies die letzte Berührung gewesen war, die Letitia von mir bekommen hatte. Ich hatte mich von ihr getrennt.

Der Grund dafür funkelte mich, nachdem ich ihn angegrinst hatte, wütend an und kam auf den Gigolo zu, der wie ein unterwürfiger Idiot ihrem Befehl gefolgt war und sich auf den Stuhl gesetzt hatte.

Na dann ... let the Show begin ...

Levis

Ich war ihr hilflos ausgeliefert und sie wusste das, als sie sich breitbeinig über meine Beine stellte, ihre Hüften einladend vor meinen Augen wiegte, als wäre sie eine Stripperin mit Hauptfach Lapdance! So elegant und gleichzeitig aufreizend hatten das nicht mal Vlads Tussen hinbekommen. Aber dies war ja auch nicht irgendeine, sondern Lil, perfekt, mein Engel ... dem gerade Hörner wuchsen ... Sie lächelte mich aufreizend an, als ich sie mit hochgezogener Augenbraue betrachtete. Ihre Hände legten sich auf meine Schultern, wobei sie sich langsam herabließ und unverhofft zielsicher genau mit ihrem Intimbereich über meinen, wie eine Eins stehenden Schwanz, glitt. Leggins sollten eigentlich den Namen Kein-Stoff-Hosen tragen ... ich fühlte *alles*, stöhnte stranguliert und schloss die Lider. Ihr erregter Blick gemischt mit diesem elektrisierenden Gefühl ließ mich fast kommen. Mit Schwung hob ich sie von mir runter. Sie lachte leise, wissend, glockenklar.

Als Nächstes hatte ich diesen runden kleinen Traumarsch vor der Nase. Sie klatschte drauf und ich zuckte zusammen. Der Söldner, dessen Anwesenheit ich regelmäßig vergaß, lachte.

Oh scheiße, mein Schwanz heischte um Aufmerksamkeit und meine Hände hoben sich ganz von selbst und ... nahmen die Einladung an. Als ich von hinten mit der Hand zwischen ihren Beinen entlangrieb, fühlte ich, dass sie durchnässt war ...

FUCK!

Kurzerhand zog ich sie mit dem Rücken auf meinen Schoß und umklammerte mit einer Hand beide delikaten Handgelenke (zur Abwehr). Ihr Arsch landete ziemlich unvorteilhaft, aber zwischen meinem Schwanz und ihr befand sich ja noch etwas, das sich stoffliche Barriere nannte! Beide nun völlig entflammt, drehte sie mir ihr Gesicht zu ... Ich küsste sie tief und gab dabei mit der freien Hand den Takt vor, mit dem sie ihr Becken an mir reiben sollte ...

Ihre langen Beine waren wunderbar gespreizt und ihre Leggings so nass ... Ihre Hitze so zart ... als ich meine Finger von vorne an diesen heißen Ort gleiten ließ. Sie stöhnte tief und verlangend in meinen Mund. Ja, ich hatte nicht lange widerstanden! Aber es kam drauf an, wie ich es sah, nicht wahr? Schließlich hatte ich mich davor über drei Jahre gehalten!

»Levis ...« Ihre Stimme war nichts als ein verlangendes Beben und zielte direkt auf mein Lustzentrum ab.

»*Ich weiß ... Lil* ...« Wir waren eine Einheit. Wissend, was sie brauchte, löste ich meine Hand von dem Stoff, um eindeutig oben am Bund entlangzustreichen – meine Finger einzutauchen und ihre nackte Haut kurz unterhalb des Nabels zu berühren. Nur ein paar Zentimeter.

Sie keuchte und riss die Augen auf ... Ich stoppte sofort und sah sie fragend an, während sie sich immer noch den Hals verrenkte, um mir so nah wie möglich zu bleiben ...

Verdammt Lil ... du hast mich doch jetzt nicht so weit getrieben, um mich wieder zurückzustoßen!

Trotzdem: Ich würde aufhören, wenn sie sich anders entschied! Natürlich würde ich das.

Sie legte ihre Hand auf meine, dann schob sie uns direkt unter ihr Höschen. Schon beim Venushügel dachte ich, meine Finger würden verglühen ... und als ich dann auf ihren Kitzler und eindeutige Feuchtigkeit traf, entkam mir ein heiserer Laut. Keuchend küsste sie ihn weg und hob mir auch noch ihre Hüften entgegen. Sie zog ihre Hand zurück, rieb ihre zarte Feuchtigkeit nach mehr verlangend an meinen Fingern und küsste mich genauso unmissverständlich.

Wofür hatte ich die letzten Monate geübt? Welcher Frau sollte ich Genuss verschaffen, wenn nicht ihr?

Also legte ich meinen Zeigefinger auf ihre Klitoris und tat das, was ich seit Neuestem am besten konnte. Ich schenkte ihr Lust. Nur über ihre Clit brachte ich sie innerhalb von zwei Minuten zum Orgasmus ...

Sie wollte es. Sie bekam es. So war das immer bei uns gewesen, so würde es immer sein. Ich konnte von Glück reden, dass ich durch das Rumgereibe, das sie während der Einlage auf mir veranstaltete, nicht in meine Hose kam ... Was soll ich sagen: Es wurde knapp.

14. Lilly

Was hatte ich nur getan, VOR Dean Monroe? Und wieso hatte mich die Vorstellung, dass er mich dabei beobachtete, wie Levis mich berührte, nur schneller kommen lassen? Weshalb war jede kleine Nervenfaser, die nicht von Levis feinfühlig bearbeitet wurde, auf den Mann geheftet gewesen, der abseits an der Säule lehnte und das Spiel mit dunklen, verlangenden Augen ganz unverhohlen beobachtete? Warum hatte ich im letzten Moment die Lider geöffnet und ihn direkt angesehen, bevor ich kam?

Wieso fühlte ich mich ihm jetzt noch näher, obwohl mich ein anderer berührt hatte?

Diese Fragen gingen mir endlos durch den Kopf, während ich angekuschelt an Levis im Bett lag. Das Mondlicht strahlte viel zu hell durch die hohen Fenster, der Wecker tickte viel zu laut und Levis atmete mir viel zu warm in den Nacken. Ich schien übersensibel. Mürrisch rappelte ich mich auf, zog meinen blauen Bademantel über den in Unterwäsche gehüllten Körper und schlüpfte in meine Hasenpuschel. Dann machte ich mich auf den Weg in die Küche.

Schon früher hatte mir Levis warme Milch mit Honig gemacht, wenn ich nicht schlafen konnte. Aber die Ereignisse der letzten Monate waren so viel für ihn gewesen und er ständig schrecklich müde ... Ich konnte mir nicht mal ansatzweise vorstellen, was er in dieser Zeit durchgemacht hatte und ich wollte es auch gar nicht. Stattdessen war ich nur froh, dass er hier und in Sicherheit war. Deswegen gab ich ihm noch einen Kuss auf die wunderschönen Lippen, lächelte verträumt, weil ich das nun nicht immer heimlich tun musste, und begab mich allein auf den Weg in die Küche.

Das Chrom glänzte und ich schaltete nur die kleinen Lampen unterhalb des Tresens ein, als ich die Milch aus dem Kühlschrank holte. Da erweckte etwas im Augenwinkel meine Aufmerksamkeit. Etwas silbernes durchschnitt blitzend die Dunkelheit vor der Balkontür, und erst nach einigen Sekunden wurde mir klar, dass es sich um ein Schwert handelte, das kunstvoll die Luft teilte.

Dean besaß eines – ich glaube, es war ein Katana? Und seit wann konnte er so gut damit umgehen? Oh mein Gott, das war ja besser als ihn mir beim tanzen vorzustellen, denn er war oben ohne, Schweiß glänzte auf seiner glatten Brust. Das einzige Licht warf eine der Fackeln, die sich am Geländer befand, und bewegte sich spielend über seine zuckenden Muskeln.

Na ... wenigstens schlief er nicht gerade mit Letitia ... Gott, bei dem Gedanken wurde ich wieder so sauer! Wie konnte er SO mit mir tanzen und sie dennoch umarmen und so tun, als würde sie ihm was bedeuten? Ich hätte von Dean niemals angenommen, dass er so rückgratlos war ...

Grimmig goss ich Milch ein, gab einen Löffel Honig hinzu und wählte die schnelle, atomverseuchte Variante der Erwärmung.

Währenddessen versuchte ich, das Aufblitzen der Klinge zu ignorieren und mich auf die sich drehende Tasse in der Mikrowelle zu konzentrieren, aber das klappte einfach nicht. Immer wieder glitt mein Blick zu ihm, wie er mit der tödlichen Waffe absolut elegant, mit fließenden, geschmeidigen Bewegungen, einen imaginären Gegner nach dem anderen ausschaltete. Mein eigenes Verhalten nervte mich zunehmend – wieso schaffte er es seit Neuestem immer wieder mich irgendwie in seinen Bann zu ziehen? ICH war rückgratlos! Konnte mich nicht zwischen zwei Männern entscheiden, obwohl eigentlich alles klar war. Ich liebte den einen und beendete es mit dem anderen trotzdem nicht! Ich würde JETZT mit ihm sprechen!

Mit der Tasse in der Hand ging ich also auf ihn zu und trat durch die geöffnete Balkontür. Im nächsten Moment berührte die Schwertspitze meine Kehle. Dieser Mann besaß so schnelle Reflexe, dass es an Magie grenzte und ich hatte probeweise KEIN Geräusch von mir gegeben, als ich zu ihm gegangen war!

Völlig reglos blieb ich stehen und fühlte beim Schlucken den kalten Stahl an meiner Haut. Dean sah mich einige Sekunden ausdruckslos an, dann presste er die Lippen aufeinander und senkte den Arm.

»Du solltest dich nie an mich anschleichen.« Die Stimme war die übliche Bodyguard-Monotonie.

»Ich hab mich nicht angeschlichen!« Und dann plapperte mein dämlicher Mund eigentlich etwas ganz anderes, als mein Gehirn mitteilen wollte: »Was hast du heute mit Letitia besprochen?«

Einige Sekunden schien er nachzudenken und gab dann eher mürrisch zu:

»Ich habe unsere Beziehung beendet.«

»Was?«

Er wandte sich ab. »Du hast mich schon verstanden.« Somit war das Thema scheinbar beendet und mir schnürte sich die Kehle zu. Die Information, dass er sich meinetwegen von ihr getrennt hatte, machte mich glücklicher als ich sein sollte und brachte mich total aus der Bahn. Ich musste mich ablenken! Sofort!

»Woher hast du das?«, fragte ich neugierig, wie ich war.

Nachdenklich hielt er das Schwert ins Mondlicht, sein düsterer Blick glitt über den kalten Stahl, wie über den Körper einer Liebhaberin. »Von meinem Bruder.« Mit diesen Worten schob er die Waffe mit Wucht in die Scheide und hielt sie dann in beiden flachen Händen, als würde er gleich in die Knie gehen und zum Ritter geschlagen werden. Eine enorme Traurigkeit ging von ihm aus ...

Ich konnte nicht anders. Sachte berührte ich den kunstvoll verzierten Griff ... Waren das eingearbeitete Saphire? »Das ist gefährlich und doch so wunderschön.« Ich sah dabei sein Profil an. Er schnaubte spöttisch und legte es auf das Tischchen neben uns.

»Es wird nichts an dem ändern, was passieren wird, aber ich will es trotzdem gesagt haben: Lilly, ich bin nicht der Held«, meinte er mit einem Mal und meine Augen wurden groß, weil er wohl noch nie so offen mit mir gesprochen hatte.

»Ich weiß, ich sollte gehen und nie wieder zurückkommen, aber ich kann nicht ...« Somit sah er mich an. Seine Augen warfen lodernde Flammen direkt auf meinen Körper und verkohlten ihn auf der Stelle. »Ich wusste es schon immer. Ich hätte niemals diesen Auftrag annehmen dürfen.« Sanft legte er seine Hand an meine Wange. Meine Lider glitten zu, ich lehnte mich in seine schützende Berührung. Sein Daumen streichelte mich, während er leise weiter sprach. »Aber ich wusste, du brauchtest Schutz ... und ich bin nun mal der Beste ... Tausend Mal wollte ich gehen, tausend Mal habe ich wieder umgedreht. Dein Lachen hielt mich ... Sogar die Art, wie du mich wütend anfunkelst, wenn du annimmst, dass ich dich für eine Dumpfbacke halte ...« Er schmunzelte bei der Erinnerung. »Ja! Sogar deine Morgenmuffligkeit hielt mich, aber weißt du, weswegen ich *wirklich* noch hier bin?« Ich sah ihn abwartend an, völlig gefesselt von seiner Offenbarung. »Wenn dir etwas geschieht, Lilly ... dann werde ich das nicht überleben. So einfach ist das.«

»Wieso?«, hauchte ich, fasziniert von dem Flammenspiel auf seinem Gesicht und diesen tiefen, nun dunklen Augen.

Er nahm meine Hand und legte sie auf seine Brust. Mehr Worte oder Taten bedurfte es nicht. Diese eine Geste sagte so viel mehr als alles andere ... Ich war in seinem Herzen, genauso wie er in meinem. Wir wollten es nicht und dennoch hatten wir uns gegenseitig eingeschlichen, ohne die Möglichkeit wieder zu gehen. Die Tür war schon lange hinter uns zugeschlagen.

Oh Gott!

Im nächsten Moment war ich auf den Zehenspitzen. Seine Hand lag immer noch auf meiner, auf seiner Brust und ich schwöre, ich spürte sein Herz stolpern, als ich meine Lippen endlich auf seine presste. Dann verkrampften sich seine Finger und er umfing mit der anderen Hand meinen Hinterkopf ... Sein Mund öffnete sich mit einem sinnlichen Stöhnen und seine Zunge berührte meine mit unsagbarer Sanftheit und Finesse. Gott ... ich hätte wissen müssen, dass er gut küssen konnte!

»Lilly ...«, keuchte er gepresst und schob mich zurück. »Hör auf!«

»NEIN!« Ich stürzte mich wieder auf ihn und wimmerte, als er mich diesmal unmissverständlich packte und genauso zurückhielt. Seine Augen waren mir so nah und sein strenger Blick forderte meine gesamte Aufmerksamkeit.

»Du weißt, dass du gerade einen MANN küsst, ja? Keinen kleinen Jungen ... Du weißt, wenn ich jetzt weitermache, kann und werde ich nicht mehr aufhören?« Ich erschauderte wegen des heiseren Klanges seiner vollen, tiefen Stimme und nickte langsam, während er mich immer noch festhielt. Er biss die Zähne aufeinander, in seine Augen trat ein ganz bestimmter Ausdruck, von dem mich eine kleine vororgasmische Welle durchrauschte, dann küsste er mich: entschieden.

Zielsicher griffen seine Hände meinen Hintern und hoben mich einfach hoch. Meine Beine schlangen sich um seine Hüften. Ich vergrub die Finger in seine vom Schweiß feuchten Strähnen und küsste ihn mit allem, was ich hatte, während er sich geschmeidig in Bewegung setzte, als hätte er nicht fünfzig Kilo mehr dabei.

Und dann ... landete ich in seinem Zimmer. Das erste Mal in meinem Leben! Ich konnte mich nicht umsehen, denn die Welt stand Kopf, als er mich nicht schmiss, sondern auf das Bett *bettete* und mir folgte, wie ein Raubtier das hungrig und voller tödlicher Vorfreude seine Beute fixiert. Nicht einmal ließ mich sein verlangender Blick los, nichts störte seine Konzentration. Alles war, wie ich es brauchte – also auf mich fixiert –, als er meinen Mantel aufzog und ich vor Aufregung kurzzeitig das Atmen einstellte.

Ein seidenes Raunen: »Atme Lilly ...«

Ich tat es ... wenn auch ziemlich hektisch, und ich liebte es, wie verlockend er meinen Namen aussprach ... besonders in dieser Situation. Der Stoff glitt auf und entblößte meinen aufgeheizten Körper in nichts weiter als weißer, langweiliger Unterwäsche. *Mist*! Ich wollte mich bedecken, seine Stimme hielt mich ab. »Bleib so ...« Verdächtig zuckte ein Muskel an seiner Wange, als er auf die Hacken zurückwich und mich ausgiebig betrachtete.

Ich musste die Lider schließen, sonst war alles zu intensiv und die Aufregung ... brachte mich fast um ... Mein Herz schlug so schnell und penetrant, dass ich das Blut in meinem Kopf förmlich rauschen hörte. Das Bett hob sich ein wenig, also war er aufgestanden. Vorsichtig linste ich zu ihm rüber und sah wie er sich die Hose auszog. Er entblößte eine dunkelrote Shorts, die sich eng um ... OH MEIN GOTT ... Ich unterdrückte ein Wimmern und kniff die Augen wieder zu. Er war *riesig* ... und sehr erregt. Wenn ich so tat, als hätte ich ihn nicht gesehen, würden nicht die Vorstellungen durch meinen Kopf geistern, wie weh es wohl tun würde, von so einem Monstrum entjungfert zu werden.

Dieses Mal platzierte er sich nicht zwischen meinen Beinen, sondern neben mir. Immer noch hielt ich die Lider geschlossen, als ich fühlte, wie seine Hände über meinen Körper strichen, über der Kleidung ... Meine Brust knetete er leicht, meine Lippen öffneten sich einen Spalt ... er glitt meinen Bauch herab und endlose Ewigkeiten am Bund meines Höschens entlang. Seine Hand war so groß und sanft. Sein Atem auf meinem Gesicht wurde schneller, als er die Barriere überwand und meinen Intimbereich berührte. Hauchzart. Mit einem Stöhnen beugte ich den Rücken durch und drehte ihm mein Gesicht zu, vergrub es an seiner Brust, rieb mich allerdings selber an ihm.

Dass Dean mich da unten berührte, fühlte sich noch verbotener an, als wenn Levis es tat ... Es war irgendwie unglaublich, als wäre es ein Traum.

Träge, genüssliche Kreise rieb er ... immer und immer wieder, brachte meine Hüften zum Mitmachen.

Schweiß trat mir auf die Stirn, als er in mein Ohr hauchte. »Sieh mich an ...« Ich schüttelte den Kopf. Er lachte leise, sein warmer Atem streifte mein Gesicht, bevor er mit seinen Lippen an meinem Hals entlang glitt, was das erotische Chaos in mir intensivierte. »Du hast keine Ahnung, wie oft ich mir das hier vorgestellt habe ... Wie du dich anfühlst, wie du duftest ... Die Realität ist um so vieles besser als die Fantasie ... und trotzdem.«

Mit einem Mal war seine Stimme hart, bestimmend, wie üblich. »Ich werde nicht weitermachen.« Und die Finger verschwanden.

WTF? Hey du Arsch!

»WAS?« Nun glitten meine Augen auf und das empört.

Ernst und ziemlich bedauernd sah er auf mich herab. »Du hast dich noch nicht entschieden.« *Mist* ... Aber ...

»Wieso muss man sich eigentlich immer entscheiden?«

Jetzt lachte er humorlos, seine Zähne blitzten dabei im nur vom Mond erhellten Zimmer auf.

»Du kannst nicht zwei Männer haben!«

»Weil die Gesellschaft uns das vorschreibt?«, fragte ich trotzig.

»Was irgendjemand vorschreibt, hat keine Bedeutung für mich!« Mit einem Mal war sein Blick sehr eindringlich und auch etwas mörderisch auf mein Gesicht geheftet. »Weil ich nicht teile, was mein ist.« Ich schluckte mühsam ... »Außerdem halte ich meine Versprechen ...«, murmelte er kleinlaut dazu.

»Was?« Jetzt richtete ich mich auf. »Was meinst du damit? Wem hast du etwas versprochen?«

Stirnrunzelnd betrachtete er mich. »Ich dachte dein ›guter alter Freund‹ spricht mit dir über alles? Es war eher eine Wette.«

»Um was?«

»Um dich.« Er zuckte locker die breiten, tätowierten Schultern und mir klappte der Mund auf. Eine ganz böse Vorahnung kam mir und ich wiederholte zischend. »Eine Wette ... um mich?« Nur für den Fall, dass ich mich gerade verhört hatte.

»Ja.«

»Aha ... Ich nehme mal an, du hast sie mit Levis geschlossen ...«

Er grinste spöttisch. »Ich wusste schon immer, dass du nicht so blond bist, wie du tust.«

Meine Augen wurden groß, sie fühlten sich an, als würden sie platzen! Tief in mir fing irgendetwas an zu beben ... »Der Gewinner bekommt mich, das ist klar ... und der Verlierer?« Meine Stimme war plötzlich auch ganz leise und sanft.

»Der muss das Feld räumen«, meinte er lapidar. Tränen schossen an die Oberfläche, als ich erfasste, was mir Dean gerade mitteilte. Meine Hände begannen zu zittern und mein Magen zog sich zusammen.

Das konnte nicht wahr sein!

Ich sprang auf und stürmte geradewegs in mein Zimmer, Dean hinterher. Levis schoss in eine aufrechte Position, als ich ihn wild schüttelte. »Bin wach, Sir!«, murmelte er, doch dann erkannte er blinzelnd, wie ich bebend vor Wut mit an der Seite geballten Fäusten vor dem Bett stand und auf ihn runterstarrte.

»Eine Wette?«, fauchte ich.

Levis´ anklagender Blick glitt an mir vorbei zu Dean. »Du hast es ihr gesagt?«

»Natürlich!« Das kam staubtrocken, wenn nicht sogar *belustigt*!

»EINE WETTE!«, schrie ich jetzt und wusste nicht, auf wen ich mich zuerst stürzen sollte.

»Ihr beide schließt eine Wette ab und entscheidet somit ÜBER MEINEN KOPF HINWEG, WEN VON EUCH ICH VERLIERE!?«

Levis glitt aus den Federn und ging mit beschwichtigend erhobenen Händen auf mich zu, als wäre ich eine Wildkatze, die es zu zähmen galt. »Wir wollten es dir nur erleichtern, Lil ...«

Ich wich zurück, prallte gegen Dean und sprang dann vor beiden weg. Das war zu viel männliche Männlichkeit in ein Zimmer gequetscht.

»Nein ... was ihr wolltet, war, mich wie ein Kind zu behandeln! Was ihr wolltet, war für euren dämlichen Sieg über Leichen zu gehen!«

»Nein!«, riefen beide sofort, einmal einer Meinung.

»Was denkst du, was geschieht, wenn ich Levis verliere. Glaubst du, ich würde ihn einfach so noch einmal aufgeben? Nicht nach ihm suchen? Nicht alles dafür tun, um mit ihm zusammen zu sein, nachdem ich es mir all die Jahr gewünscht habe?«, wandte ich mich an den leicht verdatterten Dean, dann an Levis. »Und du ... Glaubst du, ich kann noch ohne ihn leben? Ohne das Wissen, dass er mich auf Schritt und Tritt verfolgt, dass ich sicher bin, wenn er da ist? Glaubst du, ich kann mich seiner Anziehung für immer verwehren?«

Man konnte den beiden Idioten ansehen, dass sie diese Überlegungen, also meine Selbstbestimmung, nicht in ihre tolle Wette mit aufgenommen hatten ... Pech, würde ich sagen! Denn sie waren zu weit gegangen! Eindeutig! Ich konnte ihnen nicht vertrauen! Keinem von ihnen! Letztendlich dachten beide nur an sich und sahen in mir nichts als einen glänzenden Pokal, den sie sich als Beweis ihrer unwiderstehlichen

Verführungskünste in die Vitrine stellen konnten!

»Raus ...«, wisperte ich, wohl wissend, dass ich entweder gleich in Tränen ausbrechen oder etwas kurz und klein schlagen würde.

»Lil ...«

»Das ist ...«

»RAUS AUS DIESER WOHNUNG!«, schrie ich jetzt markerschütternd laut. Das erste Mal an diesem Abend und das hat was zu bedeuten! »Ich will euch nicht mehr sehen! Da bin ich lieber allein als mit einem von euch Egoisten zusammen! VERSCHWINDET!«

Und sie taten es ...

Sobald die Tür hinter ihnen zu fiel, ließ ich mich aufs Bett fallen und vergrub mit einem verzweifelten Schrei das Gesicht im Kissen.

15. Lilly

Leo war bei mir. Jeden Tag, bis zum meinem Geburtstag. Doch natürlich war sie nicht die Einzige, die mich schier auf Schritt und Tritt verfolgte.

Dean tat es, weil er es, trotz des anderen Guards, den ich geordert hatte, einfach nicht lassen konnte, und Levis, weil ich ihm natürlich mein Zimmer überlassen hatte und kurzzeitig zu Leo gezogen war. Ich konnte ihn doch nicht ohne alles auf die Straße schmeißen!

Aber ich setzte ihm schriftlich ein höfliches Ultimatum, sich um eine Bleibe zu kümmern: *Du hast einen Monat, dann setze ich deinen verfurzten Arsch vor die Tür, du Arsch*!

Mein bester Freund, der mir sonst alles erzählt und der sonst nie Geheimnisse vor mir gehabt hatte, hatte schließlich geplant, den Mann, den ich wie die Luft zum Atmen brauchte, einfach so aus meinem Leben zu verbannen – egal was ich dabei empfand! Und besagter Mann hatte mitgemacht und das andersrum genauso vorgehabt.

Manipulative Mistkerle, das waren sie!

Und sie hatten recht mit dem, was sie gegenseitig über sich geäußert hatten: Sie waren rücksichtslos und dachten nur an sich.

Sie hätten mir das Schlimmste angetan, was ich mir momentan vorstellen konnte: Einen von ihnen zu verlieren.

Natürlich war die Vorstellung, sie beide irgendwie halten zu können, auch egoistisch, aber ich ließ ihnen wenigstens eine Wahl. Sie konnten gehen, wenn sie das nicht wollten und es ihnen zu viel wurde. Die beiden hätten mir keine gelassen.

Ich war nicht nur sauer, sondern in meinen Grundfesten erschüttert ...

Und ich hatte keine Ahnung, was ich tun sollte. Aber sobald ich in eines ihrer verlogenen Gesichter blickte, war es AUS mit den klaren Gedanken und zurück blieben nur Schmerz und grenzenlose Enttäuschung.

Auch Leo wusste nicht, was sie mir raten sollte. Auch wenn sie davor eindeutig zu Team Dean gehört hatte, hätte sie ihm das niemals zugetraut. Ich fragte mich ernsthaft, ob ich ohne die beiden besser dran wäre, denn das Gefühlschaos der letzten Tage war anstrengend und auslaugend gewesen ...

Von allen Seiten beleuchteten wir es, Leo öffnete mir im Bezug auf diesen Wettkampf der zwischen den zwei Männern ausgebrochen war, die Augen. Erklärte mir alle noch so verborgenen Sichtweisen, was ich jedoch mit dem Gehörten anstellte, blieb mir überlassen. Sie hätte Therapeutin werden können.

Mit Levis war das so: Ich liebte ihn. Ich fand ihn unsagbar attraktiv, es war schön mit ihm und ich hatte mir ein Leben lang eingeredet, dass dies mein Traummann war. Doch dann war Dean gekommen. Und Dean Monroe war so viel besser als die Fantasien, die ich bis jetzt gehabt hatte. Mit ihm erschien alles ein bisschen intensiver.

Zu ihm fühlte ich mich unglaublich körperlich hingezogen und doch ... konnte ich Levis und meine Vorstellung von ihm als meinen perfekten Gegenpart nicht aufgeben, denn er *war* es.

Levis´ Flamme der Liebe brannte seit Jahren konstant, niemals hatte sie geflackert oder war gar erloschen ... und das würde immer so bleiben.

Die Liebe zu Levis war ein tief in mir verankerter Teil.

Hingegen war die Flamme für Dean unbeständig, sie schlug aus, wurde kleiner und loderte wieder hoch. Sie war unberechenbar und deswegen so aufregend ... Ich wollte wissen, wie sehr sie mich noch verbrennen konnte ...

Keine von ihnen wollte ich einfach ausblasen und damit ihre Wärme für immer aus meinem Leben verbannen.

Ich wollte mich nicht fragen: was wäre wenn, und wieso es mir nicht möglich sein sollte, beide zu haben. Jetzt im Ernst! Ich konnte meine Liebe aufteilen ... aber sie würden sich mit kleinen Teilen nicht zufriedengeben. Niemals ... Jeder wollte alles oder nichts. Wieso mussten die Menschen immer so gierig sein? Gut, das war ich selbst wohl auch ... Warum fragte ich also?

Ein Mann für eine Frau, so lautet doch die oberste Regel in den Geschichten ... Wenn ein Dritter dazu kommt, muss man immer eine Wahl treffen, auch wenn einem das Herz bricht. Man muss entgegensetzt seiner Triebe und Instinkte handeln, um die moralischen Vorstellungen der Gesellschaft einzuhalten. Weshalb? Ich wollte mich nicht mehr an die *normalen* Regeln halten. Als ich in den Tower gezogen war, hatte ich mir geschworen, diese Zwänge hinter mir zu lassen.

Leo brachte mich schließlich auf die Idee, einfach meine eigenen Gesetze aufzustellen ...

Und nach langem Hin und Her und Umherwälzen war mir klar:

Ich würde entweder beide kleinen Flammen verlieren oder ich musste versuchen, sie zu vereinen und daraus eine große, gefährlichere zu kreieren, damit sie überleben konnten. Es würde ein wortwörtlicher Tanz mit dem Feuer werden.

16. Dean

Sie sah aus wie ein Engel in diesem strahlend weißen Kleidchen, in dem ihr gesamter Rücken frei lag, und auf diesen hohen Schuhen, gemischt mit den blonden Locken, die seidig bis knapp unter die Schulterblätter herabfielen.

Verdammt!

Ich hätte sie haben können ... einfach so. Hätte ich nur meine Klappe gehalten! Aber Tatsache war, ich konnte nicht.

Sie lag endlich auf meinem BETT, mit geschlossenen Augen, geröteten Wangen und so hektischem Atem, dass ich dachte, sie würde gleich ohnmächtig werden. Dabei war sie so unschuldig, so rein ... und hätte sich mir einfach so geschenkt, ohne weiter darüber nachzudenken. Das war anscheinend ihr neues Motto, wenn es um mich ging: *Nicht denken*! Also sprach ich wohlbedacht, enthüllte das kranke Spiel, das der kleine Pisser und ich mit ihr trieben, und zwang sie kurzerhand, ihren Kopf einzuschalten.

Eine der wenigen edlen Taten in meinem ansonsten abgefuckten Leben.

Natürlich schmiss sie mich raus, aber *ihn* auch.

Weil ich nicht ganz so ein Sack war, nahm ich ihn mit zu Giovanni, einem Guard-Kollegen, aber ich bekam die Couch. Er schlief auf dem Boden, redete kein Wort mit mir, was sein Glück war ...

Natürlich verfolgte ich sie weiterhin in die Arbeit und nach Hause. Ich konnte trotz allem nicht zulassen, dass ihr etwas geschah und ja ... ich wollte sie vor allem einfach nur sehen. Sie zu beobachten hatte sich zu meiner Lebensaufgabe entwickelt. Es jetzt aufzugeben war unmöglich und er schloss sich an.

Was mich störte – massiv.

Zweiter Störfaktor. IHN ließ sie nach der ersten Nacht wieder in die Wohnung. Mir knallte sie die Tür vor der Nase zu. Genau genommen schlief er sogar in ihrem Bett ... auch wenn Leo meinte, dass Lilly kurzerhand bei ihr im Zimmer eingezogen war, so machte mich diese Tatsache verrückt.

Ich hatte ihr nicht unser Spielchen offenbart, damit sie sich letztendlich für das schlimmste Übel entschied! Also für ihn! Insgeheim hatte ich gehofft, dass sie ihre Augen in Bezug auf ihn und seine vermeintliche Perfektion endlich öffnen würde. Aber trotzdem sorgte sie sich noch um ihn, als wäre er ihre Familie, und genau das war etwas, was mir Leo erst erklärte. Levis war für sie ein Bruder. Ihn würde sie niemals wirklich ganz aus ihrem Leben streichen können, dafür verband sie zu viel.

Also war mein Zug taktisch mehr als unklug gewesen ...

Daran sah man, wie nachhaltig sie mir den Kopf vernebelte, wie sie mein kontrolliertes, durchgeplantes Dasein völlig durcheinanderbrachte …

Normalerweise war ich ein perfekter Stratege und wusste stets fünf Schritte vor meinem Gegenüber, was der vorhatte. Nicht bei ihr ... Nein, niemals bei Lillian Anthonia Price! Genauso wenig konnte ich ahnen, was als Nächstes geschehen würde ... Oh, ich hatte von so vielem keine Ahnung ... aber dass das größte Problem gar nicht der Pisser oder ich waren, wurde uns auf ihrer Geburtstagsparty klar, und brachte uns alle in richtige Bedrängnis. Alles davor war Pille Palle gewesen ...

Lilly

»Lil ... Tanz mit mir ... das ist unser Lieblingslied!« Levis sah wunderbar aus in dem dunkelblauen Anzug, der seine Augen betonte. Ich konnte nicht aufhören ihn unauffällig zu blickficken, genau wie so ungefähr alle Frauen hier.

Wir waren im *Prudes* und der Abend hatte noch nicht mal richtig angefangen. Leo ... (eigentlich Maddy, aber sie durfte es mir nicht sagen) hatte mir die schönste Party finanziert, die ich mir vorstellen konnte und sogar meine alten Freunde eingeladen. Jetzt bestand anscheinend keine Gefahr mehr, denn der Stalker war, durch wen auch immer, offiziell beseitigt. Den Tower würde ich deswegen nicht verlassen. Ich fühlte mich hier wohl – zu Hause. Der Club war in allen möglichen Blautönen geschmückt, die Musik dröhnend, die Torte bombastisch und die Stimmung ausgelassen. Ich fühlte mich wie eine Prinzessin. Eine sehr Einsame ...

Denn das war es nicht mehr, was ich wollte. Die perfekte Party – das perfekte Leben.

Perfektion ist eine Illusion, die man mir in den letzten Wochen mit Erfolg zerstört hatte.

Mein Traumprinz war keiner. Mein Held genauso wenig. Und ich war auch keine Prinzessin, denn das hier ist kein verdammtes Märchen!

»Komm schon Lil ... Nur ein kleiner Rumba?« Spöttisch lachte ich auf und kippte den nächsten Drink runter. Die waren aber auch lecker!

»Du weißt genau, was passiert, wenn ich mit dir tanze.« Und da war es wieder, dieses berechnende Funkeln, das ich so zu hassen gelernt hatte.

»Ich weiß.« Er grinste spöttisch.

Problem: Ich hatte schon immer zu meinem Achtzehnten mit Levis zu diesem Lied tanzen wollen. Natürlich wusste er es und versuchte lediglich, mir wie immer meine Wünsche zu erfüllen. Rein aus Prinzip, konnte ich ihm das nicht verwehren.

Seufzend verdrehte ich die Augen und hielt ihm prinzessinnenmäßig meine Hand entgegen. Er ignorierte sie und zog mich an der Hüfte an sich, was mich aufkeuchen ließ ... Doch er legte eine Hand an meine Wange, die andere an meine Taille und sprach an meine Schläfe, während er anfing mich zu leiten, als wäre es für ihn nichts weiter als atmen. Das war typisch für Levis und mich.

»Du weißt, dass ich dich normalerweise nicht anlüge ...«

Ich schnaubte und schloss die Augen. Natürlich würde er diese seltene Möglichkeit, wenn ich ihn nicht ignorierte, zum Reden nutzen.

Er roch so gut, so vertraut, ich fühlte mich so zufrieden wie immer, wenn ich mit ihm tanzte – trotz allem. »Du hast mich aber angelogen Lev ... und nicht nur das. Du hast mich übel hintergangen und mich mit dem, was ich für dich empfinde manipuliert ... Meine Gefühle waren ein Spiel für dich!«

Nun seufzte er schwer und ich fühlte seine Lippen genau an meiner Schläfe. »Deine Gefühle für mich sind das, was mich am Leben hält. Wenn es um dich geht, schaltet sich einfach mein Hirn aus ... ich werde verrückt und ...«

»Bist du mein Stalker?« Die Frage war raus, bevor ich sie aufhalten konnte, denn all diese Vorwürfe, das gebrochene Vertrauen, all die Worte von Vlad und Dean waren immer in meinem Hinterkopf gewesen, und ich hatte sie nur wegen der Traumprinzsache von mir geschoben. Ich wollte Levis nicht anders sehen!

Wegen der Art wie sich sein Körper verspannte, wurde mir schlecht. NEIN, NEIN, NEIN, und als er tief durchatmete, wollte ich ihm den Mund zuhalten und es nicht hören! NEIN, BITTE NICHT!

»Nicht so, wie du denkst ...«, meinte er nach einiger Zeit zögernd ... und ich wollte zurückweichen, um in sein Gesicht zu sehen, denn seine Stimme gab nichts preis. Eiskalt erschauderte ich. »Nein ...« Er hielt mich fester, ließ nicht zu, dass ich mich auch nur einen Millimeter bewegte, und raunte dann eindringlich in mein Ohr.

»Die Briefe, das war ich ... Muschi (meine Katze, die der Stalker getötet und in meinen Spint gesteckt hatte) ... war ich nicht ... Spinnst du? Ich liebte dieses verrückte, sabbernde Vieh! Die Bremsschläuche an meinem Auto war ich nicht ... Alles andere war ich nicht ...«

»W...?«

»Ich musste meine Gefühle irgendwie rauslassen ... Da waren so viele Worte, die ich dir nie sagen konnte. Deswegen schrieb ich die Briefe ... Ich weiß, es waren vielleicht ein bisschen viele ...«

»Jeden Tag einer, LEV!«

»Und ja, ich bin besessen von dir ... aber ich würde niemals in meinem Leben etwas tun, was dir wehtut, Lil! NIE!«

»Außer mir Dean nehmen.« Ich hatte Tränen in den Augen ... Alles in mir spielte verrückt, ich wollte mich erneut lösen, denn ich würde heulen! Jeden Moment und ich musste hier weg! Die Leute starrten sicherlich schon ...

»Lil!«

»Nein!«

»Hey!« Mit einem Mal erklang Deans ruhige Stimme neben uns ... Levis ließ mich leise knurrend los und ich trat schniefend einen Schritt zurück.

»Das ändert doch nichts, Lil! Bitte weine nicht!« Verzweifelt wollte Levis nach mir greifen.

Dean packte mich kurzerhand am Oberarm und zog mich weg, raus aus dem Saal – die zwei Flügeltüren flogen mit viel Wucht auf – und dann in den kleinen Gang, der zu den Toiletten führte. Levis folgte uns auf dem Fuße, was Dean ignorierte.

Er parkte mich an der kühlen Wand, meine Beine waren weich, deswegen war ich froh, dann verschwand er im Männerklo und kam kurz darauf mit Tüchern raus. Und dann machte er etwas Wunderbares und genauso Verstörendes: Er kümmerte sich um mich, wieder mal. Er nahm mein Kinn in die Hand und wischte mit der anderen meine verschmierte Schminke weg. Seine Stimme klang ruhig und gelassen.

»Ich sag jetzt nicht, ich hab´s gesagt.« Das brachte mich doch tatsächlich zum Lachen, während Levis neben uns brodelte.

»ICH BIN ABER NICHT DER STALKER!« Das DER STALKER wurde wieder abfällig betont. Ich musste schon wieder lachen ... nur diesmal hörte ich nicht auf ... diesmal steigerte es sich ... Schraubte sich langsam hoch, bis es in meinen eigenen Ohren schmerzte.

»Was habt ihr beide eigentlich noch so für Geheimnisse? Dean ... sag mal ... du bist doch irgendwas ... Gehörst du zu einer supergeheimen, Untergrund-Spezialeinheit mit der Lizenz zum Töten? Bist du der gefährlichste, manipulativste Mistkerl überhaupt?«

Dean hörte auf mein Gesicht zu säubern und verengte die Augen. »Und du Lev ... bist du gar nicht der brave Junge, sondern der dreckigste, perverseste Kerl von allen, mit den tiefsten Abgründen?«

Levis runzelte die Stirn. Als ich mich immer weiter in meine Hysterie steigerte und mir dabei die Haare raufte, warfen sie sich einen ratlosen Blick zu. »Was passiert als Nächstes? Wie abgefahren wird diese Geschichte noch?«

»Ziemlich«, antwortete eine tiefe, mit Dialekt belegte, bekannte

Stimme und sofort verging mir das Lachen. Mein Blick flog an Dean vorbei und strandete geradewegs in eiskalten grünen, aber belustigten Augen.

Vlad! Der hatte gerade noch gefehlt!

Scheiße!

17. Lilly

»Du bist jetzt achtzehn, Lillian«, verkündete Vlad ruhig, der flankiert von zwei seiner Affen den kleinen Gang komplett ausfüllte und uns somit keine Fluchtmöglichkeit ließ.

Bevor ich ihn darüber in Kenntnis setzen konnte, dass es noch nicht 00:00 Uhr war, meldete sich Levis zu Wort.

»Und?« Mit geballten Fäusten wirbelte er knurrend zu ihm herum, er war die erste Reihe und Dean schob sich auch vor mich. Nun konnte ich kaum an ihren Schultern in dem engen Gang vorbeisehen.

Vlad sprach staubtrocken. »Wie rührend es doch ist, was du für dieses Mädchen tust ... Versuchst sogar, sie gegen mich zu verteidigen ... ich könnte weinen ...« Scheinbar gelangweilt polierte er seine Nägel an seinem Hemd. »Du warst meine Hure und du wirst immer meine Hure sein. Lillian ist alt genug, um zu wissen, was für sie das Beste ist. Und das bist nicht mehr du.« Er zwinkerte mir zu ... Mir wurde kalt ... und heiß ... und der Fluchtinstinkt setzte ein – so wie jedes Mal, wenn ich es mit dem Russen zu tun hatte. Automatisch machte ich einen Schritt zurück, was Dean aus dem Augenwinkel bemerkte. Ich sah genau, wie sich seine Muskeln am Nacken anspannten. Er war ein Raubtier, bereit seine Beute bis aufs Blut zu verteidigen, doch gegen Vlad hatte niemand eine Chance ...

»Kommst du freiwillig oder muss ich dich holen?« Und somit hielt er mir seine schwarze Hand entgegen. Mein Herzschlag setzte aus.

»Nein!« Levis warf mir einen angepisst verwirrten Blick zu, Dean verengte seine Augen noch einen Tick und ich wusste, ich musste gehen ... sonst würden sie kämpfen, und Vlad war keiner der lange fackelte. Ein Menschenleben bedeutete ihm nichts. Zwei genauso wenig.

»Lasst mich vorbei!«

Levis konnte sein Gesicht nicht so gut beherrschen wie Dean. Ihm klappte der Mund auf, bevor er sich besann, und die Kiefer aufeinanderpresste. »Nur über meine Leiche ...« Er visierte Vlad eiskalt an, der spöttisch lachte ...

»Das ist nicht eure Entscheidung!« Langsam wurde ich richtig wütend! Waren sie lebensmüde!? Ja, okay ... was für ′ne blöde Frage, wo sie doch zwischen dem gefährlichsten Mann dieses Universums und dem standen, was er wollte. »Es ist meine Sache! MEIN Leben gehört mir und ich sage, ob es über deine Leiche geht oder nicht!«

»Es geht hier über gar keine Leiche!«

Das war jetzt eine neue Stimme, doch eine, die mir zwischen allen hier anwesenden am vertrautesten war. »MADDY!«

Mein Bruder stand hinter Vlad, Leo war auch dabei ... und die war vielleicht sauer! Jetzt war Vlad eingekeilt, doch er blieb ruhig.

»Was ist dein Problem?«, wandte sich der Russe kühl an seinen ›Freund‹.

»Du, Vlad!«, gab der mit eiskalten dunklen Augen zurück, die jeden in die Knie zwangen.

Vlad nicht. »Glaubst du etwa, ich will deiner geliebten Schwester schaden? Ich bewahre sie nur vor diesem Chaos! Ich werde alles für sie tun, was ein Mann für eine Frau tut und noch viel mehr. Du weißt, dass sie bei mir das perfekte Leben haben wird!«

Maddy lächelte kühl ... während mein Herz noch schneller schlug ... Er würde sich für mich einsetzen? Und das nachdem, was ich ihm angetan hatte, nachdem ich praktisch tot für ihn war? Oh Gott ... »Du hast unsere Abmachung vergessen.«

Vlad hob die Hände mit den Handflächen nach oben. »Meine Finger sind nicht an ihr!«

»Noch nicht.«

»Sie ist erwachsen!«

»Ist sie nicht.«

»Sei nicht so kleinlich, es sind nur noch Minuten.«

»Du wirst sie nicht anfassen. Weder jetzt noch morgen oder irgendwann in der Zukunft!«

NUN wurde Vlad richtig sauer, ich sah es an der pochenden Ader auf seiner Stirn, doch seine Stimme blieb sanft. »Tu das nicht!«

Sie starrten sich an, führten scheinbare Äonen lang eine stumme Konversation, und als sie damit fertig waren, galten neue Regeln.

Ein Nicken von Vlad genügte und ein weiterer Gorilla stand aus dem Nichts hinter Leo. Er hielt ihr eine Waffe an den Kopf, woraufhin mein Bruder absolut ruhig wurde. Seine Nasenflügel blähten sich, die Augen begannen, bei dem Anblick des tödlichen Objekts an ihrer Schläfe zu glänzen. Ein irrer Schleier legte sich darüber, während sie verhalten fluchte und in ihren Iriden eindeutige Angst aufblitzte! Ich hatte Leo noch NIE Angst haben sehen!

»Nicht.« War alles, was Maddy fast schon gequält ihr gegenüber herauspresste. Sie riss sich zusammen, folgte seinem Befehl sofort, auch wenn sie wusste, dass er überhaupt nichts tun konnte. Wenn Vlad auch nur ein Zeichen gab, klebte ihr Gehirn an der Wand und doch vertraute sie ihm. Vlad mimte währenddessen den Gönnerhaften.

»Ich erlege dein pinkes Biest schon nicht! Und jetzt komm Lillian, ich hab nicht ewig Zeit!«

Leo sah mich mit zusammengepressten Lippen an. »Wehe du bewegst deinen verfurzten Arsch!«, benutzte sie meine eigenen Worte gegen mich und ich grinste schwach. Als ob ich sie jemals opfern würde!

Ich schob mich mit bebenden Knien an Dean vorbei ... sah ihm dabei fest in die Augen. Er reagierte nicht, hatte wohl auch erkannt, dass es keinen Ausweg gab und auch nicht vor, Leo für mich zu opfern! GOTTSEIDANK! Er rührte nicht einen Muskel und ließ mich tatsächlich passieren, hielt meinen Blick aber gefangen, bis ich rückwärts zu Vlad getaumelt war. Seine behandschuhte Hand legte sich unmissverständlich und eisenhart um meinen Oberarm.

Ich war geliefert.

»Sagt bye, bye, Loverboys ...« Ich konnte förmlich Vlads dreckiges, siegreiches Grinsen sehen.

»Bye!«, meinte Dean tonlos, hob den Arm und verpasste Vlad eine Kugel mitten ins Herz. Ich hatte ihn nicht mal seine Pistole ziehen sehen, so schnell ging es.

Der Russe hatte niemals auch nur den Hauch einer Chance, denn er war nicht der Skrupelloseste von allen. *Oh nein.* Wenn Dean wirklich der Held wäre ... hätte er ihm sonst wohin geschossen ... und Vlads Leben verschont. Aber Dean fackelte nicht lange und schaffte das, was mich bedrohte ohne jegliche Kompromisse aus der Welt. Keine Drohungen. Keine Ankündigung. Nein. Stattdessen: Die Eliminierung. Fertig. Er versah seinen Job wahrhaftig gründlich.

In diesem Moment wurde mir klar, was es Dean die ganze Zeit abverlangt hatte, bei Levis nicht auch so vorzugehen und ihn zu beseitigen.

Als Vlads Körper hinter mir leblos zu Boden sackte, starrte ich Dean immer noch an. Sein attraktives Gesicht offenbarte keine Gefühlsregung, aber während in dem kleinen Gang um uns herum das totale Chaos ausbrach ... Maddy den Kerl ausknockte, der Leo bedrohte und Levis die anderen beiden übernahm, die wohl genauso wenig glauben konnten, was gerade geschehen war, wie ich, sah ich nur ihn ...

Den Mann, der soeben eiskalt für mich getötet hatte. Und mir wurde klar:

Ich liebte ihn.

Auch ...

18. Dean

Sie hatte natürlich einen Schock und klammerte sich an ihn wie eine Verrückte, während er sie in ihr Zimmer trug. Dort legte er sie behutsam aufs Bett.

Stumm beobachtete ich, wie er sich um sie kümmerte. Sie auszog. Sie wusch. Sie in den Armen hielt, bis sie schlief. Ich saß auf dem Schaukelstuhl in der Ecke und sah aus dem Fenster in die dunkle Nacht, während er ihr Gesicht beobachtete, als würde er es sich einprägen wollen. Als sie wieder aufwachte, beruhigte er sie erneut und wischte geduldig die Tränen von ihren Wangen.

Während all der Stunden, die ich künstlich hinauszögerte, wurde eines klar: Er war der Bessere für sie.

Als er den Blick hob, und ich darin so etwas wie Respekt und Dankbarkeit empfing, nickte ich ihm zu und tat das einzig Richtige. Ich stand auf und ging, ohne zurückzusehen.

Meine Arbeit war getan.

Ja, natürlich war Vlad der Stalker gewesen! Ein Leben lang hatte seine behandschuhte Hand über ihr geschwebt, immer bereit, sie im richtigen Moment zu greifen. Es glich praktisch einem Wunder, dass sie so lange verschont geblieben war.

Sie hatte nämlich noch jemanden an ihrer Seite, der sie schon etliche Jahre erfolgreich beschützt hatte, jemanden, der für sie sterben würde und der nicht so abgestumpft war wie ich. Jemanden in ihrem Alter, jemanden mit ihrer Mentalität. Was wollte ich mehr?

Bis in den Flur schaffte ich es ... Dann fühlte ich, wie sie sich mir näherte, anscheinend hatte sie meinen Abgang trotz der Tränen bemerkt.

»DEAN!«, wisperte sie verzweifelt und ich presste die Lider zusammen, als ihre Finger zaghaft meinen Oberarm berührten.

Verflucht! Der erste Schock war wohl überwunden! Für so ein kleines behütetes Ding war das ja schnell gegangen! Zu schnell!

»Wo willst du hin?«

Sie sollte das hier nicht schwerer machen, sondern in seinen Armen liegen, sich ausheulen, sich von ihm trösten und heilen lassen. Sie sollte mit ihm, wie immer geträumt, ihr erstes Mal erleben, ihn von den Wunden heilen, die er in den letzten Monaten als Sklave (denn genau DAS waren Vlads Angestellten, nicht mehr und nicht weniger) erlitten hatte, ihn zu einem besseren Mann machen, viele Kinder mit ihm bekommen ... Eine hübsche Wohnung im Tower beziehen und mit ihm als Tanzpartner die Welt erobern ...

»Sieh mich an!«, forderte sie, so wie ich es bei ihr getan hatte.

Wütend, weil mit ihr einfach alles kompliziert war, blickte ich mit verengten Augen über meine Schulter. Ihre Haare waren zerzaust, die Lider geschwollen, das Gesicht kalkweiß. Meinetwegen.

»Und jetzt?«, fragte ich geradeaus.

»Du wirst nicht gehen!«, meinte sie fest und so gar nicht mehr schockiert oder weinerlich. Nein, ganz im Gegenteil. Ihre Wangen waren zwar noch bleich aber ihr Ausdruck entschlossen. Außerdem bildeten sich hektische rote Flecken auf ihrem Hals, die immer erschienen, wenn ich sie bis an die Grenze trieb.

Levis trat auch aus der Tür, ließ uns aber etwas Freiraum ... unentschlossen, was er tun sollte. »Keiner von euch wird gehen!« Sie packte ihn an der Hand und zog ihn kurzerhand zu sich, besser gesagt, zu UNS heran.

»Immer geschehen die schlimmsten Dinge, dabei könnte alles so schön sein!«

»Aha ...« Levis zweifelte an ihrem Verstand ... Ich auch ... Jetzt hatten wir schon dieselben Gedanken ... Mir gefiel nicht, wo diese Geschichte hinging!

»Ihr beide habt doch eigentlich nur ein Ziel, oder? Mich zu lieben? Mich glücklich zu machen? Mich zu beschützen? Also! Konzentriert euch darauf!«

Levis lachte. Ich fand das gar nicht komisch, als sie unserer beider Hände auf jeweils eine ihrer Brüste legte.

»Vertragt euch gefälligst!« Oh Scheiße! Sie sprach mit uns wie mit kleinen Jungs, während sich ihre Brustwarze unter meiner Hand aufstellte! Doch dann ... blitzte es in ihren Augen auf diese verlangende Art auf, der ich mich nicht entziehen konnte ... »Und dann entjungfert mich!«

Uns klappte synchron der Mund auf. Schweiß bildete sich auf unseren Handflächen.

Sie wirkte amüsiert, aber ihr Blick war leicht benebelt. »Den Stalker hat Vlad erledigt! Vlad ist weg! (Ja, sie wusste von NICHTS) Ihr beide seid da! Ich bin zwar erst in einer halben Stunde volljährig, aber wäre es nicht lächerlich, nur wegen dem Gesetz zu warten? Als würde sich in der Zeit etwas Grundlegendes ändern! Ich werde in genau zehn Minuten, und das aus reiner Rebellion, die erste glückliche, minderjährige Frau sein, die ihr perfektes erstes Mal mit *zwei* atemraubenden Männern erlebt! Und? Furz drauf! Also ... ich geh mich mal frisch machen! Ihr habt fünf Minuten!« Somit drehte sie sich um und tänzelte mit schwingenden Hüften ins Bad.

Wir standen baff im Flur, sahen dann unsere kribbelnden Handflächen an und grinsten im selben Moment verschwörerisch.

Denn sie hatte recht, für sie würden wir alles tun. Sie sogar teilen! Sie ließ uns ja keine verdammte Wahl, und Jahre später würde ich für diese weise, unkonventionelle Entscheidung von Lilly dankbar sein.

Jeder von uns hatte die Wette gewonnen.

19. Lilly

Dass ich die Hosen voll hatte, war stark untertrieben.

In einem Anflug von geistiger Erleuchtung hatte ich so selbstsicher herausposaunt, dass ich es ja so toll fand, von zwei Männern auf einmal entjungfert zu werden. Das sollte doch kein Problem sein. Fast alles hatte ich ja schon hinter mir ... und Levis und Dean waren atemberaubend.

Doch als ich in meiner schönsten Unterwäsche und einem süßen weißen Negligé, welches nicht zu viel offenbarte und das ich mir schon vor Jahren für diesen Anlass gekauft hatte, auf meinem Bett saß und auf sie wartete, verließ mich die Courage und ich fand die Idee irgendwie gar nicht mehr so grandios.

Wahrscheinlich war ich in dem Moment durchgedreht, als ich gesehen hatte, wie ein Mann vor meinen Augen starb. Auch noch einer, den ich seit siebzehn Jahren kannte und der mich auf eine verrückte Art faszinierte. Auch wenn er die, die ich liebte bedroht hatte, so wusste ich ganz genau, dass ich um Vlad Romanov trauern würde ... Vielleicht sogar um die Tatsache, dass ich ihm für immer diesen einen Gefallen schuldig bleiben würde ... Ich würde niemals erfahren, was er mit mir vorgehabt hatte und das tat am meisten weh ... Doch ich ließ den Schmerz jetzt nicht zu. Später – wenn ich alleine war und Dean Monroe nicht Gefahr lief, zu gehen, nachdem er den Auftrag in seinen Augen beendet hatte und ich sicher war.

Ich musste ihn aufhalten denn ich durfte ihn nicht verlieren. Keinen von ihnen, das war mein Ziel Nummer eins.

Dafür, dass ich jetzt eigentlich Amok laufen sollte, ersetzte plötzlich eine beruhigende Gewissheit die Panik. So als wäre das erste Mal in meinem Leben alles in Ordnung. Und als sie das Zimmer betraten wusste ich, dass es das auch war ...

Mein Blick glitt über Levis ... der in seinem Hemd und der Anzughose immer noch aussah, wie eine rockige Ausgabe von Worlds next Topmodel und dann zu Dean ... der einfach nur pure Männlichkeit ausstrahlte. Ich hätte das hier nicht tun können, wenn sie sich nicht einig gewesen wären. Aber das waren sie. Ich bemerkte es in dem Moment, als sie das Zimmer betraten. Nichts war mehr übrig von der rohen Aggression, die sie in der Gegenwart des anderen ausgestrahlt hatten. Kein Konkurrenzdenken, kein Reviermarkiere ... was mich im ersten Moment geradezu schockierte und leicht aus der Bahn warf.

Dean ließ Levis grinsend den Vortritt. »Zuerst so große Sprüche klopfen und jetzt siehst du mich an wie Bambi ...« Der kam auf mich zu und zog mich kurzerhand hoch, an seinen Körper, nahm mein Gesicht in seine Hände und küsste mich nach seinen spöttischen Worten genau so, wie ich mir das immer vorgestellt hatte ... Das hier war besser als jede Fantasie ... Seufzend klammerte ich mich an sein Hemd und rieb mich an ihm ... ging auf die Zehenspitzen und schmeckte ihn aus vollen Zügen.

Ein leises Stöhnen entlockte mir Dean ... dessen Finger mir über den Nacken strichen ... fast schon verspielt, doch dann fuhren sie in meine offenen Haare und mit einem Ruck zog er meinen Kopf zurück. Er küsste mich tief ... und trat dabei von hinten mit seinem heißen Körper an mich heran. Levis vor mir war hart ... und rieb sich an meinem Bauch ... küsste meine Brüste ... während Dean sich ungeniert an meinem Hintern erfreute ...

Keiner der beiden hielt sich noch zurück, sie ließen ihrer Lust freien Lauf und rissen mich mit ... Ich war ihre willige Puppe, ihr Spielzeug, das sie benutzen konnten, wie sie wollten und die beiden reichten mich in völliger Eintracht hin und her ... Stundenlang stand ich zwischen ihnen in meinem Zimmer. Empfing ihre anfänglich bedachten, dann eindeutig fordernder werdenden Berührungen. Hörte ihr immer erregteres Stöhnen ... und ließ meine Hand schließlich an Levis Traumkörper herabgleiten.

Das hier war so perfekt.

Eine kleine Abweichung gab es von dem Drehbuch, denn Levis wich aus, als ich ihn endlich richtig berühren wollte, und packte meine Hand. Groß ragte er über mir auf, als ich ihn wütend anfunkelte, weil er schon wieder mit dem Mist anfing. Doch sofort entlockte er mir ein Stöhnen, als er die Hand nach hinten zog und auf Deans steinharten Schwanz legte. Mit meiner Hand unter seiner rieb er über die pochende Härte, was Dean verbissen knurren ließ. Dann überließ er es mir selbst.

Geschmeidig und mit wild funkelnden Augen, meinen erregten Ausdruck in sich aufsaugend, ging Levis vor mir auf die Knie. Dean küsste meinen Hals, während Levis mein Höschen herabzog und ich die beängstigend groß werdende Härte des Mannes hinter mir massierte.

»Hast du es dir so vorgestellt?«, raunte mir Dean ins Ohr und stieß in meine bebenden Finger, da kam ich beinahe das erste Mal ... »Oder so?« Dean war immer so schweigsam, und wenn er sprach – vor allem so ... dreckig ... mit dieser dunklen, rauen Stimme, dann hatte das eine echt immense Wirkung! »Oder so?« Das zweite Mal geschah es fast, als Deans Hände von hinten an meinem Bauch hinabglitten und meine Schamlippen spreizte, damit Levis sich vorbeugen und mich problemlos lecken konnte.

Das waren wohl rein rhetorische Fragen, zu deren Beantwortung ich im nächsten Moment sowieso nicht mehr fähig gewesen wäre.

Sobald Levs heiße Zunge gegen meine angeschwollene Klitoris schnippte, war kein Aufschub mehr möglich und ich erbebte heftig. Ich küsste Dean während Levis den Orgasmus durch alle möglichen Tipps und Kniffe, von denen ich besser *niemals* erfuhr, wo er sie herhatte, verlängerte.

Das hier war das beste Vorspiel seit Menschengedenken. Gut, ich hatte außer Büchern und Filmen und den paar Oralsex und Finger-Aktionen mit Mark keine Vergleichsmöglichkeit, aber es war zu heiß, um wahr zu sein. Das musste ein Traum sein ... Nachdem ich komplett an Dean zusammengebrochen war und er meinen laschen Körper aufgefangen hatte, strich er mir die schon jetzt feuchten Strähnen aus der Stirn ... und flüsterte von hinten in mein Ohr.

»Wer soll es tun?«, gab er mir die Wahl, während Levis seinen Schwanz über der Hose umfasste und zurückwich.

»Er!«

»Wieso?«

Aus verschleierten Augen sah ich Levis an, es verletzte und verunsicherte mich. Doch er kam sofort auf mich zu und küsste mich.

»Ich würde nichts lieber tun, Lil ... aber erinnerst du dich? Dein erstes Mal soll besser werden als das, was ich dir bieten kann.« Manchmal war mein blöder Traummann eben bescheuert.

Er ließ keinen Widerspruch zu, zog mich an sich und manövrierte mich dann bestimmt zum Bett. Natürlich küsste er mir dabei die Proteste aus dem Kopf ...

»Das heißt nicht, dass ich das hier nicht genießen werde ...«, murmelte er kaum hörbar.

Weich landete ich und Levis kniete sich neben das Bett, strich über meine Wange bis zu meinen Brüsten, meinem Bauch und zwischen meine Beine. Erneut berührte er mich wissend, sodass die Erregung unverhofft wieder hochschnellte. Er ließ mir dieses Mal keine Entscheidungsmöglichkeit ...

Während Levis zurückwich, mit geschwollenen Lippen und wunderschön funkelnden Augen und mich bewundernd beobachtete, wie ich mich der Lust hingab, schob Dean unverhofft einen Finger tief in mich. Ich stöhnte stranguliert und auch etwas verwirrt, weil ich wieder mal gar nicht gemerkt hatte, dass er uns auf das Bett und zwischen meine Beine gefolgt war!

Er kniete absolut konzentriert und so heiß vor mir, während er mit lustverschleiertem Blick dabei zusah, wie Levis meine Clit verwöhnte. Dann schob Dean einen zweiten Finger in mich und ihm entkam ein unkontrolliertes, verzweifeltes Stöhnen, als ich ihm verlangend die Hüften entgegenstreckte. Levis Hand legte sich um meine Brust und sein Daumen schnellte über meinen Nippel, als er sich wieder vorbeugte und eine weitere *ich küsse ihr das Hirn aus dem Schädel* Runde einlegte. Nur war es diesmal eine, *ich lenke sie von dem Schmerz ab* Runde ...

Denn ich hatte ja bereits festgestellt, dass Dean groß war und als er sich, den intensiven Blick auf mein Gesicht gerichtet, auf einen ausgestreckten Arm über mich lehnte und seine Spitze zwischen meinen Schamlippen nach unten und nach oben rieb, um mich wohl an sich zu gewöhnen, versteifte ich mich trotz all der Leidenschaft.

»Shhh ...«, raunte Levis beruhigend und sah hungrig dabei zu, wie Dean sich ein winzig kleines Stück in mich schob.

Ich biss mir von innen auf die Backe, Tränen schossen in meine Augen ... Dean zog sich mit mahlendem Kiefer zurück, sein gesamter Körper war angespannt. Die Muskeln seiner Arme platzten fast, aber er drang dennoch erneut nur ein winzig kleines Stück ein.

»Alles gut Lil ... das geht ... vertrau mir ...« Levis schien meine Gedanken lesen zu können, so wie immer. Er fasste erneut nach unten, rieb zärtlich über meinen Kitzler.

»Du bist wunderschön ...«, raunte er mir betörend zu. »Es sieht heiß aus, wie er in dich eindringt, ich kann dich förmlich um mich herum fühlen ...«, und als er an meinen Lippen stöhnte bemerkte ich, dass er sich mit der anderen Hand unter der Hose selbst berührte. Ich wollte das für ihn tun!

Sein Blick verhärtete sich kurz, als ich stirnrunzelnd nach ihm greifen wollte und er hielt mich erneut auf. »Nein! Fass ihn an!« Somit nahm er meine Finger und legte sie an den Punkt, an dem Dean noch einmal ansetzte. Ich fühlte ganz genau von innen und von außen und von scheinbar überall, wie Dean sich, nun komplett von mir benetzt, weiter schob.

»Jetzt!«, befahl Dean.

Levis ließ mich genau in dem Moment noch einmal kommen, als Dean mit einem festen bestimmten Stoß die letzte Barriere zwischen uns Dreien einriss. Der Schmerz hatte keine Chance gegen den Orgasmus zu bestehen.

Ich merkte es kaum und dann ... war sowieso alles vorbei ... denn mein Blick wanderte an dem mit mir vereinten, perfekten Körper, hoch zu dem Mann, der nun fast bis zum Anschlag in mir war (ganz war anatomisch unmöglich).

»OH GOTT!« Niemals hätte ich gedacht, dass es sich SO anfühlen würde. Fasziniert beobachtete ich Dean dabei, wie er sich langsam zurückzog, nur um dann ... mit absoluter Genugtuung erneut in mich zu stoßen. „Gefällt dir das?“, fragten seine Augen. „Jaaaa“, schrie mein Körper. Immer und immer wieder, stieß er absolut kontrolliert, wie es eben seine Art war in mich.

Immer mein Gesicht beobachtend – mit diesem Triumph, der nun wahr wurde. Er sagte kein Wort, aber sein Blick sprach unentwegt Bände und ich konnte ihn nicht loslassen, während mir Tränen in die Augen traten.

Es dauerte nicht lange – leider!

Im letzten Moment umfasste er sich und kam passend auf meinen Venushügel, während ich zeitgleich ein letztes Mal unter ihm pulsierte. Lev erleichterte sich sofort darauf, mich küssend, in seine Hose, was das einzige Unperfekte an dieser Nacht war. Das würde ich ihm noch austreiben müssen! Die abwegige Idee, dass ich seinen Schwanz nicht berühren durfte!

»Oh mein Gott ...«, murmelte ich immer wieder, während Dean mich schmunzelnd säuberte und Levis dasselbe mit sich tat. Dean blieb hinter mir liegen, Lev legte sich nach vorne. Es war komisch – es war wunderbar, so nackt und schutzlos zwischen zwei großen Männern zu liegen und zu Atem zu kommen. Beide streichelten mich und ich fühlte mich wie die schönste, begehrteste Frau auf Erden.

»Danke ...« Ich küsste Lev ... »Aber ... du weißt, dass ich irgendwann auch mit dir schlafen will?« Levis Gesicht verfinsterte sich, während ich fühlte, wie Dean an meiner Schulter schmunzelte. »Und ich bekomme, was ich will!«

»Das werden wir noch sehen!«, stieß Levis aus.

»Sicher interessant zu beobachten«, gab Dean trocken hinzu und ich runzelte die Augenbrauen, weil Dean Monroe gesprochen und gleichzeitig einen Witz gemacht hatte, obwohl es nicht dringend notwendig gewesen wäre.

Ich verrenkte halb meinen Nacken, um in die glühenden Dinger von meinem Bodyguard und neuerdings noch so viel mehr zu blicken. »Seit wann versteht ihr euch so gut?«

Die Antwort kam äußerst sachlich: »Seitdem wir uns auf ein Ziel geeinigt haben.«

»Welches?«

»Dich zu lieben, Dödel ...« Das war natürlich Levis und brachte mich zum Lachen.

»Das nenne ich einen guten Plan ...« Er knabberte sich an meinem Kiefer entlang, was mich etwas ablenkte ... Tief vergrub ich die Finger in Levs Haaren und lehnte den Kopf zurück an Deans Oberkörper.

»War uns klar, dass dir das gefällt.«, murmelte Lev.

Ich fühlte ganz genau am Hintern, wie das auch Dean gefiel. »Dir gefällt der Plan wohl auch ...« Meine Stimme hatte bereits diesen einen Klang angenommen, den sie nur in solch intimen, prickelnden Momenten annahm, während ich ihn fragte und mich einladend und genüsslich an ihm rieb.

»Ja. Schlaf jetzt«, zerstörte Dean gekonnt die prickelnde Spannung, die sich wieder aufgeladen hatte.

»Hey?!«

»Du wirst sowieso kaum laufen können.«

Levis amüsierte sich köstlich, aber auch seine Augen funkelten lüstern, als würde ihm die Vorstellung mehr als gefallen. »Hey, ich hab ne neue Wette!«, meinte er dann zu dem Mann hinter mir.

»Hmmmm ...« Der war total darauf fixiert, meine Schulter mit hauchzarten, kribbelnden Küssen zu überfluten.

»Wer lässt sie schneller kommen!«

Dean fackelte entschieden zu kurz!

»Die Wette gilt!«

»Ähm, hallo? Nicht, dass ich was dagegen hätte, aber ...«

»Halt die Klappe!« Wieder sprachen sie unisono und machten sich sofort mit vereinten Kräften ans Werk. Tja, was soll ich sagen? Männliche Rivalität kann auch zu etwas gut sein. Zum Beispiel für sehr einfallsreiche Arten, die zu einem Orgasmus führen.

Selig und absolut fertig schlief ich in dieser Nacht ein. Entjungfert, um eine Minute vor zwölf von zwei Männern. *Fuck the System* – wortwörtlich und trotzdem perfekt.

Bei diesem ersten Mal gab es keinen Schmerz, keine Unsicherheiten, keine plumpen Berührungen und keine Scham! Dieses erste Mal war keineswegs normal und gerade deswegen märchenhaft gewesen! Wie alles, was ich die nächsten Jahre mit den beiden erlebte: Ein moderndes, dreckiges Märchen.

Denn Leona Churchill hatte recht: Regeln sind da, um gebrochen zu werden. Man muss nur den Mut aufbringen, das auch zu tun und wie war das doch mit dem Mut? Er macht sich immer irgendwie bezahlt.

20. Lilly

In der Nacht ist es leicht, sich gehen zu lassen, denn alles wirkt konfus und verschwommen. Wohingegen bei Tageslicht vieles anders ist, als angenommen.

Klar und deutlich bemerkte ich nun, dass ich mich mit Levis in meinem zerwühlten Bett befand. Dass meine Wange auf seiner Brust ruhte, dass ich nackt war und … dass etwas in meinem Rücken fehlte. Träge tastete ich die Matratze hinter mir ab, doch sie war leer und kalt.

»Hmpf ...«, schnaubte ich genervt und bemerkte, wie Levis zu Leben erwachte. Gähnend streckte er sich unter mir, packte mich unverhofft an der Taille und schleuderte mich herum, sodass ich auf dem Rücken zum Liegen kam. So gar nicht verschlafen und mit dunkelblau funkelnden Augen sah er grinsend auf mich herab.

»Guten Morgen, Sonnenschein!« Er küsste mich kurz.

»Sonnenschein ...«, murmelte ich, so wie immer morgenmufflig, schlang aber die Arme um seinen Hals. Das gestern war das Verbotenste und gleichzeitig Erotischste, was ich jemals erlebt hatte. Er hatte es mir ermöglicht und ich wollte es nochmal – abtauchen in diese mir noch verborgene aber so berauschende und faszinierende Welt der Lust. Besonders mit Levis – ganz allein, denn Sex hatte viel mit unseren Tänzen gemein.

Levis hatte andere Pläne, denn als ich ihn erneut küsste und etwas zu leidenschaftlich wurde, drückte er mich sanft aber durchaus bestimmt in die Kissen zurück. Natürlich *bevor* ich gewisse Körperteile berühren konnte. »Du bist wund«, verkündete er hocherfreut.

»Bin ich n...« Der Protest verging mir, als ich testweise die Hüften bewegte. Zwischen meinen Beinen brannte es wie die Hölle. Levis sah mich mit einem Ich-habs-dir-gesagt-Blick an und beugte sich erneut herab, um mich kurz, fast schon entschuldigend, zu küssen. »Du wolltest es so und er ist verdammt groß! Ich hab gewusst, dass du heute Schmerzen haben wirst – die Vorstellung hat mich nur schneller kommen lassen.« Meine Wangen brannten spontan lichterloh, weil die Vorstellung davon, dass Levis diese Vorstellung so anmachte, wahnsinnig anmachend war.

Der Sadist zuckte mit den Schultern und schwang sich, wie jeden Morgen, völlig ausgeruht und mit frischem Elan aus den Federn. »Du wirst die nächsten zwei Tage laufen, als hättest du dir in die Hosen gemacht … Leo wird sich den Arsch ablachen … Ich bin gespannt, was Maddox dazu sagen wird, ich meine ...« Locker plapperte er vor sich hin, während er seinen Prachtleib bedeckte. Ich blendete ihn besser aus, denn ich hatte nun mit einigen sehr heftigen Emotionen zu kämpfen, die nun unkontrolliert auf mich einprasselten.

Stöhnend drehte ich mich auf die Seite und vergrub mein Gesicht in den Kissen.

Ich war achtzehn und entjungfert! Fetzen davon, wie Dean Monroe mich angesehen hatte … wie er in mich eingedrungen war und wie er sich in mir bewegt hatte, wie es sich angefühlt hatte, als wir miteinander gekommen waren ... schossen unkontrolliert durch meinen Kopf und ich bemerkte, dass ich trotz des Schmerzes zwischen meinen Beinen wieder feucht wurde. Doch gleichzeitig überrollte mich Scham … und Zweifel.

Wie würde es nun sein, im grellen Tageslicht? Würde ich immer noch so etwas wie Liebe in seinen Augen sehen oder wäre er wieder kalt und distanziert?

Die Antwort darauf bekam ich, als ich mich von Levis, wie immer mit einem winzigen Kuss verabschiedete und verschlafen ins Bad schlurfte. In nichts weiter als Morgenmantel, Hasenpuschelschuhen und im Zombiemodus.

Es war nicht zugesperrt, wer hätte also ahnen können, dass Dean Monroe in all seiner morgendlichen Pracht unter der Dusche stand und sich mit dem Rücken zu mir die Haare wusch. Ich blieb mit der Klinke in der Hand und offenem Mund im Türdurchgang stehen. Es durchströmte mich siedend heiß, als ich mich daran zurückerinnerte, dass dieser männliche, mächtige Körper gestern Nacht mit mir vereint gewesen war. Dass ich dank ihm wund war … Dass ….

»Mach die Tür zu, es zieht!«, forderte er, ohne mich auch nur anzusehen. Natürlich wusste er, dass ich es war.

Ich tat, wie mir befohlen … und betrat den riesigen, luxuriösen Raum. Wir hatten gestern Sex gehabt! Ich würde mich nicht vor ihm schämen!

Es war die richtige Entscheidung gewesen, mich ihm hinzugeben und wenn er es nicht zu schätzen wusste, war er selber Schuld!

Also schmiss ich mein Haar über meine Schulter und marschierte mit erhobenem Kinn zu dem Waschbecken, wo sich meine Badutensilien befanden. Es war schwer zu ignorieren, wie er sich im Augenwinkel das Shampoo aus dem dunklen Haar wusch und danach seinen braungebrannten, muskulösen Körper mit Duschgel einrieb … Immer wieder glupschte ich über die Reflexion im Spiegel zu ihm nach hinten und mit jedem Mal wurde sein Blick unverhohlener. Dunkel und verlangend. Es wurde ungefähr fünfzig Grad wärmer in dem gefliesten Raum.

Ich spuckte die Zahnpasta aus und bemerkte beim Zahnbürste auswaschen, dass meine Hände bebten. Schwer stützte ich mich mit beiden Armen auf den Waschbeckenrand und schloss die Augen. Ich musste mich beruhigen …

»Was ist los?« Natürlich hatte ich ihn nicht gehört, und auf einmal stand er direkt hinter mir. Total nackt und mit ablenkend drängendem Gesichtsausdruck, der mich im Spiegel gefangen nahm. Ich schüttelte stumm den Kopf und schloss wieder die Augen. Meine gesamte Courage von gestern Nacht war wie weggeblasen. Wie sollte ich meine Bitte rechtfertigen, ohne nicht als Flittchen dazustehen? Wie sollte ich ihm klar machen, dass ich ihn liebte, ohne von ihm verletzt und zurückgewiesen zu werden?

Ich war im Gegensatz zu Dean Monroe ein kleines, unwissendes

Mädchen. Ihm gegenüber fühlte ich mich so verletzlich – so hilflos.

»Bereust du es?« Die Worte waren raus, bevor ich sie aufhalten konnte. Immer noch hielt ich die Lider fast schon schmerzhaft zusammengepresst, die Stirn war gerunzelt. Meine Finger bohrten sich in den weißen Marmor und meine Knöchel traten weiß hervor.

Er löste sie von dem Waschbecken. Einen nach dem anderen und hob meine Hand. Als seine Lippen über meine Knöchel geisterten, öffnete ich vorsichtig ein Lid und bemerkte, dass er mich sanft anlächelte. Am liebsten hätte ich mich sofort an seine breite, starke Brust geschmissen – Tränen traten mir in die Augen.

»Was sollte ich bereuen? Dass du mich so ansiehst, als wäre ich alles, was du willst? Dass ich die Ehre hatte, dein Erster zu sein? Dass ich gestern den besten Sex meines Lebens hatte? Dass ich dich küssen darf, wann immer es mir beliebt?« Mit jedem Wort, war er mir näher gekommen. Er legte meine Hand in seinen Nacken und seine an meine Wange und sah mich eindringlich an. Das Lächeln war schon lange Geschichte.

»Ich bereue nichts ...«, hauchte er rau direkt in mein Gesicht und sein Daumen streichelte meine Wange. »Und du wirst das auch nicht tun.«

Ich nickte sofort. Nichts war mir ferner! Ich wollte es nicht bereuen! Das war erst der Anfang und ich wollte mehr! Von beiden!

Und das würde ich bekommen!

Das machte mir Dean klar, als er seine Lippen auf meine senkte und mich zart küsste. Somit besiegelte er das gestern gefühlte. Denn nicht nur ich liebte diese beiden wunderschönen Männer, auch sie liebten mich.

Es war perfekt.

ENDE

Danksagung

Am Anfang wusste ich nicht, wo diese Geschichte hinführte, dann machten sie sich selbstständig. Zu meiner Verteidigung. Vlad sollte nicht sterben, doch Dean hat gehandelt. Sie sollten auch ganz sicher nicht so eine arschige Wette eingehen. Die haben wieder nicht auf mich gehört! Nur, dass einmal alle zu dritt glücklich werden sollten, das war von Anfang an geplant. Was wäre der Tower, wenn er keine Konventionen/Tabus brechen würde?

Ich habe wirklich keine Ahnung, wo die drei mich im nächsten Teil hinführen werden, aber ich ahne, dass es turbulent und vor allem verdammt sexy weitergeht ... Das ist alles was ich euch im Moment sagen kann!

Da dies hier ja Danksagung heißt, fange ich mal an, den unzureichenden Dank an all die Leute weiter zu geben die mich unterstützen.

Anke. Danke.

Peter. Danke.

Caro. Danke.

Mandy. Danke.

Babels. Danke.

Nicole. Danke.

Steffi. Danke.

Berenike. Danke.

Nicky Danke.

Probeleser. Danke.

ALLE MEINE LESER! TRISTAN/MAD/DEAN/Bald Luca-SÜCHTIGEN DANKE!

Und einmal ein großes Danke an meinen Mann, der mich bei der Erfüllung meines Lebenstraumes aus allen Kräften unterstützt. Der mich im Arm hält, wenn ich heulend aus dem Schlafzimmer stürme und schniefe „Ich habe einen Hund getötet!“ (Natürlich nur auf dem Papier!) und der den Wahnsinn jeden Tag mitmacht in einer riesengroßen WG mit Tristan, Rotzi, Mad, Dean, Luca usw zu leben ;)

Ich liebe dich, Alex.

Vielen Dank für eure Aufmerksamkeit und für eure Unterstützung (Ich sag nur die wahnsinnige Bildaktion!) Euch liebe ich auch!

Nun freue ich mich TIERISCH auf eure Rezensionen und sage … Piss zum nächsten Mal!

Eure Don Both!

21749703R00103

Printed in Poland
by Amazon Fulfillment
Poland Sp. z o.o., Wrocław